오늘도 ___.___ 반짝반짝

오늘도, 반짝반짝

발 행 | 2022-3-23
공동저자 | 꽃자리 . 오일 . 딸YS . 아트혜봉 . 신수연 . 김태연 . 어느 사업가 . 꽃마리쌤
기획·디자인 | 꽃마리쌤
펴낸이 | 한건희
펴낸곳 | 주식회사 부크크
출판사등록 | 2014.07.15(제2014-16호.)
주 소 | 서울 금천구 가산디지털1로 119, A동 305호
전 화 | 1670 - 8316
이메일 | info@bookk.co.kr

ISBN | 979-11-372-7786-1

www.bookk.co.kr

오늘도 _____ 반짝반짝

꽃자리 · 오일 · 딸YS · 아트혜봉 · 신수연 · 김태연 · 어느 사업가 · 꽃마리쌤

오늘도시리즈
세번째

작가님들과 21일동안
카톡방에 쓴 글이 책이 되었습니다.

글을 공유하며 서로가 위로가 되어주는
소중한 시간이었습니다.

당신의 . 기록이 . 책이 . 됩니다

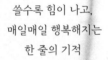

쓸수록 힘이 나고,
매일매일 행복해지는
한 줄의 기적

당신의 . 이야기가 . 책이 . 됩니다

차례

×

[PART 1] **오늘, 사소하지만 위대한 일상! × 꽃자리** 9

[PART 2] **전지적 과학 시점으로 바라본 세상,**
한 줄 메시지를 담다 × 오일 35

[PART 3] **부모님께 전하고 싶은 진심 × 딸YS** 61

[PART 4] **Step 1 - 우아하게 × 아트혜봉** 87

[PART 5] **그대로 받아들이기 × 신수연** 113

[PART 6] **나의 이야기... × 김태연** 139

[PART 7] **100억 대 자산 여성 사업가의**
성장통이 되기를 바라며 × 어느 사업가 165

[PART 8] **당신은 해낼 겁니다 × 꽃마리쌤** 185

오늘도 _____ 반짝반짝

꽃자리 지음

오늘도시리즈
세번째

PART 1

오늘, 사소하지만

위대한 일상

꽃 자 리

×

오늘의 사소한 일상 안에서 위대한 순간들을 만난다.
가장 위대한 순간들의 선물은 사람들이었다.

2022. 3. 1

오늘, 하나

3월의 시작...
새벽 촉촉한 봄비가 내렸다.
무언으로 오는 봄을 만난다.

봄.봄.봄.
마중 나가 너를 만나고 싶은 날!
노오란 봄을 안고 찾아 온 네가 있어 감사하고 행복한 날...
오늘!

2022. 3. 2

오늘, 둘

자본주의 키즈의 시대를 살아가는 아이들에게 무엇이 중요할까?
물질적인 풍요로움을 채워주진 못해도
정서적인 풍요로움은 가득 채워주고 싶다.
그것은, 사랑이다!

새 학기가 시작한 오늘,
학교 앞에 바래다준다고 하니
놀이터 앞까지만 바래다주라고 한다.
1,2,3학년까지 학교 들어가기 전에 울던 너였는데
오늘 너의 성장을 발견한다.
5학년 고학년이 엄마랑 안고 뽀뽀하는
모습을 들키고 싶지 않겠지.

너의 성장을 발견한 날, 오늘!

에필로그) 학교에 들어간 규빈이의 전화. 엄마 나 몇반이야?

안가르쳐 무러디기 기르처즘. 3반.^^

2022. 3. 3

오늘, 셋

작년 12월에 잡혀 있던 엄마 백내장 수술은
코로나 확진이라는 결과 때문에 2월로 미뤄졌다.
지난주 수술을 마치고 오늘은 엄마 외래 진료가 있는 날
새벽부터 KTX 타러 서둘러 나오셔서
진료 끝나기가 무섭게 다시 내려가셨다.
엄마랑 점심을 먹으며 이런저런 이야기를 나누는 시간!
언젠가부터 떠나는 엄마의 뒷모습을 바라보면 눈물이 난다.
엄마가 병원에 다녀간 날, 오늘!!

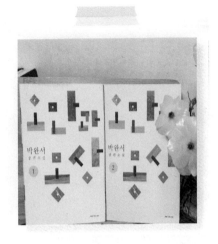

2022. 3. 4

오늘, 넷

2022년 한 달에 한 번 박완서 작가를 만난다.
3월의 책 〈오만과 몽상〉
소설속 주인공 뿐 아니라 현실에서 마주하는
일상의 오만과 몽상의 시간들을 생각해보는 오늘!

2022. 3. 5

오늘, 다섯

바람이 밀어주면 좋으련만 우리의 앞을 가로 막았다.
그래도 우리는 열심히 구르며 달렸다.
먼저 달리는 아빠를 뒤로하고 힘들어서
살짝 지름길을 선택한 나랑 규빈!
그렇게 잠시 쉬었다가 다시 만나서 달렸다.
힘들면 잠시 쉬어도 괜찮지만 포기는 하지말자고 다짐하는 오늘!

2022. 3. 6

오늘, 여섯

드러낸 나무들에서 봄향기가 난다.
아빠와 아들이 손을 잡고 걸어가는 뒷모습을 보며
천천히 따라 걷는 길이 참 좋다.
아이들을 움직이게 하는것은 즐거움이다.
누가 먼저 도착하나 게임을 하면 갑자기 규빈이는 날다람쥐가 된다.
오르막 길이 있으면 내리막 길도 있다는 것을
자연에서 배우는 오늘!

2022. 3. 7

오늘, 일곱

아이가 만들어 주는 하트는 항상 뭉클하다.
내 마음 속 곳간에 차곡 차곡 담아 놓는다.
곳간의 사랑을 다시 열어보는 오늘

2022. 3. 8

오늘, 여덟

엄마, 오늘 수업 시간에 고민을 적어서 비행기를 날리면
친구들이 펼쳐보고 조언을 해주는 걸 했어.
나는 고민을 〈엄마한테 혼나서 고민이야〉라고 적었어.
친구들 조언은 엄마랑 이야기를 많이 해봐.
엄마가 좋아하는 것을 하는 게 좋을 거 같아.
그렇게 말하더라.

진짜? 엄마한테 혼나는 게 고민이라니 엄마가 미안해진다.
미안해! 엄마 고민은 엄마가 사랑하는 규빈일 혼내서 고민이야.

사실은 고민거리가 없기도 했고 또 고민이기도 했어.

그랬어? 우린 이렇게 매일 이야기하고 금방 사과하고 이해해 주고 안아주고
사랑해 주잖아. 우리가 고민하는 건 좋은 일 같아. 고민도 서로 사랑해서 하
는 거라고 생각해. 사랑해~ 규빈아~~~~♡

각자 보낸 시간을 함께 이야기 나누는 행복한 오늘!

2022. 3. 9

오늘, 아홉

이른 아침 20대 대통령을 뽑기 위한
나의 소중한 한 표! 주권을 행사했다.
내가 좋아하는 꽃, 책, 커피가 있는 곳에서 혼자만의 시간을 즐긴다.
같이 있어도 좋지만 혼자여서도 좋은 오늘!

2022. 3. 10

오늘, 열.

- 상의할 게 좀 있어요. 위로가 필요해요.

내가 아끼는 사람들이 나를 찾아주는 일은 기쁘다. 그런데 어느땐 속상한 감정을 충분히 이해하면서도 "그래, 네 말이 옳아." 라고 무조건 들어주지 못 한다. 언젠가 "그래요. 당신 말이 옳아요." 라고 해주는 게 가장 쉬운 일이라는 생각을 했다. 그렇게 생각하지 않으면서 그렇게 말하는 것이 옳은가? 그것은 나를 속이는 일이고 거짓이다. 나에게 상의를 하고 싶다는 것은 내 의견을 듣고 싶다는 것이니 되도록 그 시간에 충실하게 내 의견을 말해준다. 하지만, 늘 마지막엔 너의 속상한 마음을 알면서 이렇게 말해서 미안하다는 말을 꼭 덧붙인다. 감정을 공감해주면서 이성적으로는 공감할 수 없다고 말하는 것의 간극에서 갈등하는 오늘!

2022. 3. 11

오늘, 열 하나.

그림책 눈물바다 – 는 나랑 규빈이가 좋아하는 그림책이다.
내 잘못이 아닌데 나를 혼내는 선생님,
공룡 같은 엄마는 오늘도 화를 내고,
집에 있는 공룡 두 마리는 오늘도 싸운다.
그래서 울고 또 울고 눈물은 바다가 되어 모든 것을 쓸어간다.
이 그림책은 개운하다.
울고 싶을 땐 실컷 울자.
함께 그림 그리고 색칠하며 놀던 추억의 한 장을 꺼내 보는 오늘!

오늘, 열 둘

동네 아이들이 모이면 동술을 한다.

어느 날 동술이 뭐야? 물었더니 '동네 술래잡기'의 줄임말이었다. 운동 잘하는 날쌘 친구들 사이 규빈이가 있다. 느린 규빈이에게 친구들은 얼음 3개 쿠폰을 준다. 멈출 수 있는 쿠폰! 아이들의 배려를 배운다. 못 한다고 끼워주지 않을 수도 있는데 함께 재미있게 놀 수 있도록 잘 하는 친구들이 늘 배려해준다. 아이들에게 따뜻함과 배려를 배우는 오늘!

2022. 3. 13

오늘, 열 셋

봄 비가 많이 내려서
온 세상의 생명은 깨어나고
산 불은 꺼졌으면...

2022. 3. 14

오늘, 열 넷

오늘 머리가 아파 출근을 못 해서 규빈일 학교까지 바래다 주었다.
잠시 후 규빈이가 울먹이며 전화를 했다.
헤어지고 들어가니 엄마 생각이 났나보다.
나도 며칠 전 병원에 다녀간 엄마 뒷 모습에 울먹였던 기억이 났다.

"엄마, 사랑해"
"규빈아, 사랑해. 우리 이따 만나자."

"응! 나도 사랑해. 이제 교실로 들어갈게."
비가 내려 우산을 들고 학교 앞에 나가 있었다
"규빈아, 엄마 보고싶어서 눈물 났어?"
"응~! 엄마랑 헤어질 때 사람들이 많아서 안아주고
뽀뽀를 안 한 게 후회되더라. 그래서 눈물이 났어."

사랑을 미뤄서 후회하지 않기로 약속한 오늘~^^

2022. 3. 15

오늘, 열 다섯

무엇 하나 허투루 쓰지 않아 틈 사이 피어난
노란 민들레를 발견했다.

나도 하루 하루 허투루 쓰지 않고 일상의 틈속에서
사랑과 감사를 발견하리라 다짐하는 오늘!

늘
고마운
너에게

고마워요

2022. 3. 16

오늘, 열 여섯

늘
고마운
너에게

.

.

.

갑자기 도착한 메시지와 선물.
달달한 마음이 전해지는 오늘!

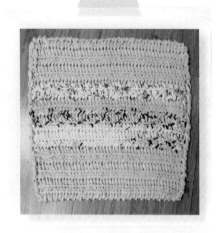

2022. 3. 17

오늘, 열 일곱

엄마 가방은 요술가방이다.
꺼내도 꺼내도 자꾸 나온다.
대파도 나오고 깨소금도 나온다.
직접 뜨개로 만들었다는 매트
엄마의 손길 때문에 쓸 수가 없다.
엄마, 사랑해~!
엄마가 계속 생각나는 오늘!

2022. 3. 18

오늘, 열 여덟

다시 돌아 온 포켓몬빵~이라니~
난 처음 보는 빵인데~
요즘 이 빵 때문에 난리다.
편의점 앞에 포켓몬빵 들어오길 기다리며 대기하러 나간 규빈이.
대기하고 있다가 2개 득템을 했다. 포켓몬빵 쁘띠쁘띠씰~ 때문인데
이런 시간도 추억이 될테지... 규빈이의 추억이 쌓이는 오늘!

2022. 3. 19

오늘, 열 아홉

규빈아, 밤에 보는 산수유는 반짝이는 별같아. 아름답다.
엄마, 반짝이는 아름다운 별은 여기 있잖아. 바로 우리 엄마~
밤하늘을 보며 산책하는 행복한 오늘!

2022. 3. 20

오늘, 스물

어떤 물건은 과거의 시간을 회상하며
웃음을 주기도 하고 그립게도 한다.
오늘,
도 내일이면 과거일 테니 현재의 뜻이 선물임을 잊지 말아야지.
다짐해 보지만 지치는 오늘!

2022. 3. 21

오늘, 스물하나

3월 꽃대가 올라오더니 점점 성장하는 행운목 꽃을 매일 관찰했다.
꽃망울이 점점 차오르더니 팡! 하고 터지는 기적을 엿본다.
꽃송이가 품었던 향기는 사방으로 퍼진다.
꽃들은 날 보라며 아우성이고 향기는 후각을 통해 온몸을 적신다.
꽃이 피고 지는 것을 보면 슬프던 때가 있었다.
어느 순간 꽃이 지는것이 슬픔이 아닌 성장이란 생각을 했다.
내 시선에서 사라지는 꽃은 결코 사라 지는 것이 아니고 꽃과 향기는
나에게 스며 있음을 안다.

일상도 그런 것이 아닐까?
사소한 오늘 안에서 사람의 향기가 스며 날 성장하게 하는 일!

난 오늘도 사람의 향기를 담는다.

꽃자리

오늘도 ＿＿＿ 반짝반짝

오일 지음

오늘도시리즈
세번째

PART 2

전지적 과학 시점으로

바라본 세상,

한 줄 메시지를 담다

오 일

×

생활 속에서 마주하는 모든 것이 과학과 연관되어 있다.
과학의 현상과 원리를 이해하기 쉽게 대화체로 이끌어나가며, 질문해 본다.
과학은 우리의 삶을 편리하게 하고 풍요롭게 한다.
또한 사색하며 철학적으로 다가가게 한다.
이 글을 읽는 모든 이에게 과학적 시점으로
따스한 사랑과 희망을 전하며, 응원하고 싶다.
오늘도 봄! 내일도 봄이 되기를!

2022. 3. 1

내 마음의 표면장력

액체의 표면이 스스로 가능한 한 작은 면적을 가지려는
힘이 표면장력이야.
표면장력이 클수록 동그란 모양을 하지!

물방울처럼 서로 끌어당기며 안아줄 수 있게
나도 표면장력이 컸으면 해.

위로가 필요한 사람도 품어주고
힘들고 지친 이들에게 손 내밀어 주고
나도 힘들 때 기댈 수 있도록

우리, 동글 동그란 마음을 갖자!

2022. 3. 2

자기력 가족

다른 극끼리는 끌어당기는 인력
같은 극끼리는 밀어내는 척력
우리는 자기력 가족!

가족끼리는
잡아당기는 힘도 밀어내는 힘도 필요해요.
사랑한다는 표현은 자주 하고 당겨주세요.
작은 실수는 쿨하게 살짝 밀어주세요.

하지만, 언제나
자기력이 미치는 공간, 자기장 안에 머물러 주세요.
가족은 세상에 하나뿐인 '내 편' 이니까요.

2022. 3. 3

지구와 우리 사이

지구와 물체 사이엔 큰 힘이 작용해.
우리가 둥둥 떠다니지 않고 걸어 다닐 수 있는 것도 이 힘,
중력 때문이야.

지구는 항상 우리를 끌어당기고 있어.

어때?
그 힘이 느껴지니?

네가 지쳐서 쓰러져 있을 때도
먼 산을 바라보며 아무도 모르게 눈물 흘릴 때도
새로운 도전을 향해 전진할 때에도

변함없이 너를 끌어주고 세워주는
큰 힘이 있다는 걸 잊지 마.
넌 혼자가 아니야!

2022. 3. 4

가끔은 뒤로 아래로

비행기처럼 하늘을 마음껏 날고 싶어?

앞으로 앞으로 전진하는 추력
추력을 방해하는 항력

위로 위로 붕 떠오르게 하는 양력
양력을 방해하는 중력

추력이 항력보다 크고
양력이 중력보다 커야 날아오를 수 있지

가끔은 말이야
쉼표의 시간도 필요해

중력과 항력의 흐름을 받아 조금은 천천히 가면 어떨까

너무 빨리, 멀리 가서 놓쳐버린 소중한 것들에 집중하자!
현재를 마음껏 누리며 깊게 호흡하고
가끔은 뒤로 아래로!

2022.3.5

나의 한살이

쉿! 귀 기울여보세요.
봄이 오는 소리가 들리나요?
저 멀리 차가운 겨울을 뚫고 오는 소리가

얼었던 땅이 스르르 녹아
씨앗에서 새싹이 돋아나고
초록 초록 떡잎이 나오죠.

조금 더 자라서 본잎도 나고
잎과 줄기가 풍성해져요.
이젠 세상에서 가장 예쁜 꽃이 피어나고 벌과 나비가 모여들어요.
꽃이 지고 나면 열매가 맺히고, 그 속에 새로운 씨앗을 품고 있지요.
이런 성장의 과정이 한살이에요.

우리도 매일 성장하고 있어요.
아기, 유아기, 어린이, 청소년기, 성인에 이르기까지
몸도 마음도 꿈을 갖고 성장해요.

지금은 어디쯤 가고 있나요?
성장통을 많이 앓고 있지는 않나요?
소중한 나의 성장을 마음껏 축복해 주세요.

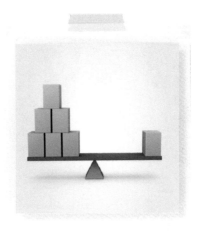

2022. 3. 6

언제나 수평

오르락내리락
신나는 시소 타기

가벼운 쪽은 위로 올라가고
무거운 쪽은 아래로 내려오지요.

수평을 이루려면 어떻게 해야 할까요?
무거운 쪽이 가벼운 쪽으로 가까이 가거나
무거운 쪽을 조금씩 덜어 내면 돼요.

우리도 가끔은 높이 올라가기도 하고
아래로 쭉 내려갈 때도 있어요.

혼자서만 무거워서 끙끙 대지 마세요.
나에게 좀 더 가까이 가까이
힘들 땐 무거운 짐을 같이 져요.
또, 힘든 이에게 먼저 다가가서
아픈 마음을 토닥여주세요.

우리! 어느 한쪽으로도 기울어시시 않는
평평한 상태를 만들어봐요.
우리 함께 해요.

2022. 3. 7

너와 나의 탄성력

고무줄을 당기면 늘어나고
당겼던 고무줄을 놓으면 줄어들지

힘을 주면 모양이 변했다가
가했던 힘을 놓으면 원래 모양으로
되돌아가는 힘, 탄성력이야!

탄성력을 가진 물체, 탄성체는 뭐가 있을까?
아장아장 걷는 우리 아기의 기저귀
멋쟁이 언니의 헤어밴드
장난꾸러기 오빠의 새총

탄성체에 너무 힘을 가하지 마
다시 돌아올 수 없는 탄성한계를 넘어

우리도 너무 힘을 주고, 고집을 피우고
멀리 가지는 말자!

부드럽게 늘어날 만큼만
힘차게 돌아올 만큼만
탄성을 유지할 만큼만
그렇게!

2022. 3. 8

빛과 색의 어우러짐

우리가 볼 수 있는 빛은 빨주노초파남보
무지개색, 가시광선 영역이야

일곱 가지 빛의 색을 합하면 무슨 색일까?
바로 하얀색, 백색광이야!

여러 색의 물감이나 크레파스를 섞으면?
그건 어두운색, 검은색이지!

내 마음도 백색광이 되고 싶어
어린아이와 같이 순수하고 밝게 빛나는
꾸밈없는 사람이

때로는 검은색이 되고 싶어
다양한 사람들과 만나 소통하고
나의 색깔을 드러내지 않고
함께 어우러져 진한 감동을 주는 사람이

2022. 3. 9

파란 하늘의 비밀

하늘이 파랗게 보이는 이유는 뭘까?

태양으로부터 오는 가시광선이 직진을 하다가 대기의 공기 알갱이와
떠다니는 입자들과 부딪혀.
부딪힌 빛은 사방으로 흩어지는 산란을 하지

빛은 파장을 갖고 있어.
붉은색은 긴 파장을 푸른색은 짧은 파장을

태양이 높게 뜬 낮에는 빛이 파장이 짧은 대기층을 지나가.
그래서 파장이 짧은 푸른색 빛이 더 많이 산란되어 파랗게 보이지

내 마음의 호수
파란 하늘에 풍덩
빠지고 싶어!

2022. 3. 10

붉은 노을의 비밀

해 질 무렵에 붉은 노을을 본 적 있니?
노을은 지평선 가까이에서 보이지

해가 뜨고 지는, 일출과 일몰에는
태양의 고도가 낮아져서 빛이 대기층을 통과하는 길이가 길어져.

파란빛은 이미 산란해서 흩어져 버렸고
이제 붉은색 차례가 왔어.
빨갛게 빨갛게 퍼져서 마음껏 뽐내며 멀리까지 갈 수 있지

뜨겁게 달구어진 그 열정으로
마음껏 도전해 봐!

2022. 3. 11

불조심

어떤 물질이 빛과 열을 내면서 타는 것을 연소라고 해
연소가 되기 위해서는 조건이 필요하지

탈 물질인 연료와
일정량의 산소,
불이 붙을 수 있는 있는 가장 낮은 온도인 발화점이 유지되어야 해

이 세 가지 중 하나라도 만족하지 않으면
연소가 일어나지 않아

연소의 반대는 소화
불을 끄는 도구는 바로 소화기

불은 문명을 발달시킨 지속적인 동력이었지만
동시에 무서운 파괴력을 가졌지

건조한 날씨가 지속되면 더욱 주의 깊게 살펴야 해!
불. 불. 불.
소중하게 조심히!

2022. 3. 12

관성에 맡겨

멈춰 있던 버스가 갑자기 출발하면
몸이 앞으로 쏠리고

달리던 버스가 갑자기 멈추면
몸이 뒤로 쏠리는 이유는
관성 때문이야

외부의 힘이 작용하지 않으면
멈춰 있는 물체는 계속 멈춰있으려고 하고
움직이는 물체는 계속 운동하려고 하는
관성은 우리 주변에 얼마든지 있어

승용차 안에서 커브길을 따라 돌면
내 몸이 커브를 따라서 쏠리지
이럴 땐 관성에 몸을 맡기면 재밌어

지치고 힘들 때도 마음이 가는 대로 맡겨 봐
아무렇지 않은 척
즐거운 척
더 이상 애쓰지 마!

49

2022. 3. 13

물의 여행

강이나 호수의 물이 햇빛에 의해 증발하면
대기 중으로 수증기가 되어 올라가고
올라간 수증기가 차가운 공기와 만나면
응결되어 물방울이 돼

물방울이 점점 커져서 무거워지면
비가 되어 아래로 떨어지고
이때 온도가 내려가서 얼면 눈이 되지
이렇게 물은 순환을 해

어제는 마른 땅을 촉촉하게 적시는 단비가 되어
오늘은 온 세상을 하얗게 덮어주는 눈송이가 되어
오늘도 찬란한 태양은 물을 순환시키고 있어
언제나 우리 곁에서

2022. 3. 14

지구

태양처럼 스스로 빛을 방출하는 천체는 항성.
항성 주위를 빙글 도는 천체는 행성.
행성 주위를 빙글 도는 위성.

태양으로부터 세 번째 가까운 행성, 지구는
태양 주위를 공전하면서 스스로 자전을 해.
지구의 위성은 오직 한 개뿐
일편단심 달이 있어.

이 시간에도 지구는 똑같은 속도로
태양 주위를 일 년에 한 바퀴,
스스로 제 자리에서 하루에 한 바퀴씩 돌고 있어.

지구처럼 매일매일 성실하게 꾸준히
오늘 할 일을 미루지 않고 전진하기를
활짝 웃으며 하늘처럼 넓은 마음이기를
모든 것에 조화를 이루어 사랑스럽기를
기도할게!

2022. 3. 15

갖춘 꽃처럼

수줍은 꽃봉오리
활짝 핀 꽃송이
꽃은 언제나 미소를 짓게 해

꽃의 구조를 알아볼까
꽃은 암술, 수술, 꽃잎, 꽃받침
네 가지를 모두 갖추고 있으면 갖춘꽃!
하나라도 안 갖고 있으면 안갖춘꽃!

암술은 꽃의 중심에서 꽃가루를 받아서
씨와 열매를 맺는 곳이야.
수술은 암술 주변에 있고 꽃가루를 만들지.
꽃잎은 암술과 수술을 보호하고
꽃받침은 꽃 전체를 보호해.
모두가 소중해

너도 나도 모두 갖췄나?
혹시 중요한 걸 잊지는 않았는지
사과를 해야 한다면 용기를 내어
꽃처럼 활짝 먼저 웃어 봐!

잊지 마!
서로서로 갖추기를

2022. 3. 16

하늘을 나는 비밀

하늘을 자유롭게 날아다니는 새를 보며
사람들은 하늘을 날고 싶었어.
그래서 비행기를 발명했지

새의 날개는 비행기 날개와 같이
위는 볼록하고 아래는 평평한 유선형이야.
그래서 양력이 발생해 위로 떠오르지

새의 뼈는 빈 공간이 있어서 매우 가벼워.
날개깃은 안깃과 바깥 깃의 길이가 달라서
센 바람이 불어와도 끄떡없이 날아가.

혹시 새똥에 맞아본 적 있어?
비밀인데 새는 방광이 작아서 배설물을
그때그때 날아가며 발사해.
뿌지직!

이런 이유로 새가 하늘을 가볍게 날 수 있어.

새는 오늘도 비행을 시삭해.
우리가 꿈을 향해 마음껏 비상하는 것처럼
오늘도 내일도!

2022.3.17

진짜 어른

곤충의 몸의 구조는 머리, 가슴, 배 세 부분이야
다리는 여섯 개, 날개 네 장은
어디에 달려 있을까?
모두 가슴 부분에 달려있지

곤충의 한살이는
알, 애벌레, 번데기, 성충으로
번데기 과정을 거치면 완전탈바꿈
번데기를 거치지 않으면 불완전탈바꿈이야
곤충은 한살이를 통해 어른이 돼!

우리도 매일 어른이 되어가는 과정에 있어
시간이 지나면 저절로 되는 어른 말고
진짜 어른, 어른다운 멋진 어른이 되기 위해
오늘도 고민하고 애쓰며
자기만의 가치와 철학을 세우는 진짜 어른이 되기를!

2022. 3. 18

나만의 무늬

자연에서 얻을 수 있는 재료로 천을 물들이는
천연 염색은 피부에 자극이 없어.
친환경 재료기 때문이지

천 전체를 한 가지 색으로 물들이는 침염.
염색이 되지 않게 실이나 고무줄로 묶어서 염색을 방해하는 방염.
천 일부만 염료에 담그는 날염.
다양한 방법으로 무늬를 만들 수 있어

같은 재료라도 딱 하나밖에 없는
나만의 작품을 만들어 내

너는 어때?
나만의 작품, 나만의 무늬가 있어?

다른 사람과는 다른
오직 나만의 무늬!
나의 독특한 개성!
매일 만들 수 있도록 나에게 집중하자.

2022. 3. 19

생활의 지혜

우리가 생활하면서 배출하는 물질이 공기와 섞이는 대기오염은 사람뿐만 아니라 생태계와 건물에도 좋지 않은 영향을 주지요.

달리는 차가 내뿜는 배기가스, 공장 굴뚝에서 나오는 새까만 매연, 가정에서 음식을 할 때 나오는 각종 연기와 냄새들이 만들어 낸 미세먼지가 또한 문제에요.

입자가 너무 작아서 눈으로 볼 수 없는 미세먼지는 일단 우리의 몸에 들어가면 배출이 되지 않고, 각종 질병을 일으켜 위험하거든요.

실외보다 실내는 오염도가 높아요. 외부와 내부 오염물질이 합쳐지는 공간이거든요. 생선구이나 고기를 구울 때 나오는 연기 속에는 1급 발암물질이 들어 있어요.

그래서 자주 환기를 시켜주어야 해요. 또 면역력에 도움이 되는 음식인 도라지, 마늘, 미나리를 자주 섭취하면 좋아요. 물은 충분히 마시고, 항산화 작용을 해서 중금속을 배출하는 과일과 채소도 도움이 되지요.

우리, 공기오염도 줄이고 건강도 잘 챙겨 봐요!

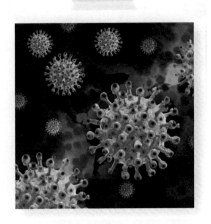

2022. 3. 20

세균과 바이러스

우리 눈에 보이지 않는 아주 작은 세균은 '박테리아'라고도 해요. 핵막이 없는 원시적인 핵을 가진 원핵생물인데, 독립된 세포로 생물의 조건을 갖고 있지요. 세균은 이로운 것도 있고, 해로운 세균도 있어요. 우리 몸인 '숙주'에서도 다른 어떤 곳에서도 살아갈 수 있고요. 우리 몸에 들어온 세균은 빠르게 증식해서 자신과 같은 후손을 남겨요. 스스로 외부 먹이를 받아들여 소화와 흡수도 하지요. 세균에 감염되면 항생제로 치료할 수 있어요.

바이러스는 세균보다 더 단순하게 생겼어요. 생존에 필요한 기본 물질인 핵산과 단백질 껍질로 되어 있지요. 바이러스는 스스로 증식을 못해서 '숙주' 안으로 들어가요. 숙주 세포 안으로 들어가 마음대로 자신의 유전물질을 복제해요. 복제 후 세포를 뚫고 나오면 우리 몸은 병이 생겨요. 바이러스 감염은 면역력을 높이는 항바이러스제로 치료를 해야 해요. 항생제를 쓰면 몸속 세포가 영향을 받거든요. 백신은 연습용으로 우리 몸에 투입하는 약한 바이러스에요.

코로나 19 바이러스가 더 확산되고 있어요. 개인 방역을 잘 지켜서, 몸도 마음도 선상하시기를 비랄게요. 하루속히 코로나가 종식되기를 기도합니다.

2022.3.21

나는 환경 지킴이

페트병이 발명된 이후 우리는 아주 편리한 생활을 하고 있어요. 일상 속에서 계속 접하는 페트병은 전 세계적으로 1초마다 2만여 개가 생산되고 있다고 해요. 분리배출을 해도 제대로 재활용이 이루어지 않아요. 여러 가지 혼합물질이 섞여 있기 때문이죠.

플라스틱 쓰레기가 강이나 바다로 흘러들어가 강한 자외선과 파도에 부딪혀 작게 쪼개지고 부서져서 5mm 이하의 미세 플라스틱이 돼요. 비닐이나 치약, 세정제 등에서도 미세 플라스틱이 나와요. 미세 플라스틱을 바다 생물들과 새들이 먹이로 착각하고 그대로 섭취하지요. 물고기가 먹으면 더 이상 사람들도 안전하지는 않아요. 먹이사슬에 의해 우리 식탁에 오르고 음용수를 통해서도 많이 우리 몸에 흡수되거든요. 또 너무 작아서 하수처리시설로도 걸러지지 않고요.

과학의 발달에 의해 인류는 편리하고 풍요로워졌지만, 생태계가 파괴되고 사람들에게 각종 질병이 찾아오기도 하는 안타까운 일도 벌어지고 있어요. 나부터 솔선수범하여 할 수 있는 쉬운 일부터 환경을 위해 생태계를 위해 가족을 위해 실천했으면 좋겠어요.

오인

오늘도 _____ 반짝반짝

딸YS 지음

:)
오늘도시리즈
세 번째

PART 3

부모님께 전하고 싶은
진심

딸 Y S

×

사랑하는 부모님께 말로는 하지 못했던 진심을
글로나마 전할 수 있기를 바라며
21일간 한 글자씩 써내려간 편지

2022. 3. 1

딸내미 편지_하나

엄마, 아빠 딸로 태어나 행복해.
귀하게 얻은 맏딸로 태어나 많이 사랑해주고 아껴줘서 고마워.

16살부터 지금까지 어느덧 14년,
유학 생활로 인해 내 인생의 절반 가까이를 떨어져 지냈지만,
그 선택이 고맙고 그런 선택을 했던 엄마 아빠를 존경해.
덕분에 난 독립적이고 강한 사람이 될 수 있었어.

그 헌신적인 사랑 항상 받기만 해서 미안해.
'사랑해'라는 말이 어려운 딸이라 미안해.

그래도 말 안 해도 알지?
이전에도 지금도 앞으로도 세상 그 누구보다 가장 사랑해.

2022. 3. 2

딸내미 편지_둘

엄마 생일 3월 2일
음력으로 챙기지만 나는 그냥 3월 2일로 챙길래~

나는 아빠 엄마 닮아서 남에게 베푸는 게 좋고
주는 기쁨을 느낄 때 행복함을 느껴
내가 돈 쓴다고 인상 쓰지 말고 좋은 거 예쁜 거 비싼 거 필요하다고 말해주
는 부모님이면 좋겠어

내가 아이일 때 당신 자식한테 쓰는 돈이라면
아까워하지 않았던 것처럼,
어느새 어른이 되어버린 그 아이는 기왕 쓰는 돈
아빠 엄마한테 쓰고 두 배로 행복하고 싶어.
하나도 아깝지 않아.

사랑하는 엄마, 생일을 함께하지 못해 미안해.
그래도 생일 낳니 축하해!!!
그리고 아빠, 엄마 오늘도 사랑해~

2022. 3. 3

딸내미 편지_셋

어제 저녁엔 엉엉 울며 아빠한테 속상하다고 소리를 질렀어.
생각해보니 아빠는 더 속상했겠다.

난 다 컸고 엄마 아빠가 어떤 삶을 살았는지 귓동냥으로,
눈치로 이젠 다 알아.
그래서 안쓰럽고, 속상하고, 때론 답답하고,
건강관리를 못하는 모습을 발견할 땐 화가 나.
그래서 엄마 아빠만 생각하면 이 감정들이 모두 모여 자꾸만 눈물이 나.

사랑하는 아빠, 내가 엄마 편만 든다고 생각하지 않았으면 좋겠어.
나는 누구의 편이 아니야.

그저 우리가 좀 더 가족을 먼저 챙기기를 바래.

내가 엄마 편이라고 느껴질 땐 그만큼 우리에 대한
마음이 멀어진 건 아닌지 돌아봐줘.

아빠 속상하게 해서 미안해 우리 함께 노력하자.
엄마, 아빠 오늘도 변함없이 사랑해.

2022. 3. 4

딸내미 편지_넷

유전자란 참 신기해.
내 사진을 보며 내 얼굴에 아빠가 보일 때도 있고,
엄마가 보일 때도 있어.
또 성격도 아빠를 닮아 화를 잘 내지만 엄마를 닮아 잔소리도 많아.

아빠 엄마는 서로에게 불만이 있으면 다 나한테 이야기하는데
나는 아빠 엄마 반반이라 아빠 맘도 이해되고 엄마 맘도 이해돼.
그래서 맨날 내 속만 터져.

아빠, 엄마 좀 그만 귀찮게 하고
엄마, 잔소리 좀 그만해.
둘이 좀 친하게 지내 제. 발.

그래도 시끌벅적한 아빠, 엄마 사랑해

2022. 3. 5

딸내미 편지_다섯

왜 부모들은 빠르게 자라나는 아이를 보며
조금만 더 천천히 커줬으면~ 하는 마음이 있다잖아.

나는 엄마 아빠가 조금만 더 천천히 커줬으면 좋겠어.

유학 생활을 할때도 엄마 옆에서 잘 때도
엄마나 아빠가 사라지는 꿈을 자주 꿔.
항상 벌떡 일어나 지금이 몇 신지 신경쓸 겨를도 없이
집에 연락하곤 했지.
그만큼 나는 엄마 아빠가 없는 세상은 상상할 수 없어.
둘은 나에게 하늘이고 땅이야.
나에게 있어 얼마나 큰 존재인지 알아줬음 좋겠어.
당신 아이의 하늘 땅이 무너지지 않게 건강하게
내 옆에 오래도록 있어주세요.

엄마, 아빠 하늘 땅만큼 사랑해.

2022. 3. 6

딸내미 편지_여섯

모든 부부의 네 번째 손가락에 끼워진 웨딩링.
아빠는 직업 특성상 반지가 있으면 불편해서 빼놓았던 거기도
하지만 작은 도둑 때문에 없어져 버렸잖아.

그래서 내가 맞춰줬던 금반지.
엄마는 잘 끼고 다니는데 아빠는..
그래 일할 때 걸리적거리니깐 내가 봐준다.

아빠 엄마 평생의 동반자는 자식이 아니라 서로야.
나도 아주 나중에 내 자식보다 남편을 더 위하는 아내가 될 거야.
그래야 내가 행복할 수 있을 것 같아.
희생적인 부모는 자식 입장에서도 속상함으로 밖에 남지 않거든.

그러니 이제 자식을 위한 삶보다 고집부리지 않고, 삐지지 않고
대화하는, 서로를 위한 삶을 살기를 바래.

아빠, 엄마 변하지 않는 금반지처럼 언제나 사랑해.

시작
어느 날 책을 읽다 문득 든 생각. '나도 할 수 있다' 무
엇이 되었든 시작을 하는게 중요하다. 생각만 하고 있
기엔 내 기억력이 별로인듯하니 뭐든지 일을 벌려는
다음에 생각한다. 그리고 후회한 적은 거의 없었다.
후회를 했더라도 지금 돌이켜 생각해보면 경험이었을
테니.

꿈
노래를 부르면 즐거웠다. 웃기지만 그 당시 내 꿈은
제2의 조수미였다. 많은 사람들에게 감동을 줄수 있
을 것 같았다. 엄마아빠에게 자랑스러울 수 있을 것
같았다. 하지만 언젠가부터 없어졌다. 그 덕에 완전하
게 다른 경험을 하고 있지만, 고집부려 같은 길로 쭉
걸어갔다면 지금 난 무얼하고 있을까? 아직 철없는

2022. 3. 7

딸내미 편지_일곱

나는 생각을 메모하는 습관이 있는데
핸드폰을 정리하다가 7년 전 적어둔 메모를 발견했어.

내 꿈은 선생님, 악기 연주가, 뮤지컬 배우 등 다양했는데,
어릴 때부터 노래를 배웠으니깐 제2의 조수미가 되고 싶다고
얘기하던 나 자신이 기억나.

가끔은 내가 선택한 길로만 걸어갔다면 지금의
난 어떤 모습일까 궁금하기도 하지만 후회는 안해.
난 어떠한 상황이 주어져도 잘 헤쳐나가는 사람임을 깨닫게 되었거든.

엄마 아빠도 한때엔 꿈 많은 소녀, 소년이었을텐데.
타임머신을 타고 그 시절의 엄마 아빠를 만나 속마음 털어놓는
친구가 되어보고 싶다.
그때의 엄마 아빠는 어떤 꿈을 꾸었을까?

오늘도 난 꿈을 꿔.
우리 가족 건강하고 행복하게 오래오래 사랑하기를.
엄마, 아빠 오늘도 넘치게 사랑해.

2022. 3. 8

딸내미 편지_여덟

어린 시절 혼날 때,
무엇이 잘못되었는지 가르쳐준 후에
"몇 대 맞을거야"
다 혼나 놓고 이렇게 물어보면 정말 매번 청천벽력 같았어.

어린 마음에 머릿속에 이런 생각만 가득했지.
'안맞고 싶은데 0대라고 하면 더 혼나겠지?
근데 1대라고 하면 너무 적다고 혼날 것 같은데..
많이는 맞기 싫고 어쩌지..'

우리가 정한 만큼 손바닥을 맞고 항상 안아주는 걸로 마무리 되었는데
어느 순간부터 엄마가 안아주지 않는 거야.
엄마는 반복되는 훈육에 지친 거겠지만 나는 어린마음에
큰 충격으로 남았었어.

나는 왜 그렇게 아빠를 무서워하고 뭐가 그렇게 맘에 안들어서
살쾡이처럼 엄마한테 달라들었을까?
아빠 엄마 가슴에 수도 없이 많은 못을 박아 미안해.
앞으로 내가 더 잘할게.

자라오며 셀 수도 없을 만큼 많이 맞았지만,
아빠, 엄마 내가 맞은 매만큼 사랑해ㅎㅎㅎ

2022. 3. 9

딸내미 편지_아홉

사랑하는 외할머니 나무.
아빠, 혹시 내가 매번 쪽 얘기만 해서 서운해?
만약 그렇다면 미안해, 하지만 친할머니
할아버지에 대한 기억이 전혀 없어..
아빠에게 있어서 부모님은 어떤 사람이었을까?

4년 전 외할머니 떠나실 때, 난 그때 봤던 모습을 잊을 수가 없어.
엄마 아빠가 아이처럼 엉엉 우는 거 처음봤는데
그 모습 보면서 더 눈물나고 마음이 너무 아팠어.

문득문득 할머니가 떠올라.
성격은 좀 있으셔도 손주들한테는 정말 잘해주셨는데..
할머니가 아빠도 최서방 최서방~ 하시면서 정말 좋아하셨는데..

고모들이 아빠한테 너는 엄마 보고싶으면
딸 보면 되겠다고 하신 적이 있잖아.
아빠, 언제든 엄마가 보고싶으면 나한테 연락해 :)

엄마 아빠도 엄마 아빠가 계셨으니깐..
둘 다 그 슬픔 어떻게 감당했어?
나는 아직 어른이 아닌가봐, 난 못할 것 같아.
아마 평생 어른 못할 것 같아.

엄마, 아빠 정말 온 맘 다해 사랑해.

2022. 3. 10

딸내미 편지_열

나는 이미 엄마 양력 생일을 챙겼지만
어제 꼭두새벽부터 아빠한테 연락이 와있더라
"오늘 엄마 생일 축하 해줘요."

엄마랑 통화를 했는데 엄마 목소리가 즐거웠어.
아침에 차 문을 열었는데 꽃다발과 생일 축하한다고 크게 써져있대.
표현 안하는 전여사가 신나서 이렇게 얘기하는 건
정말 기분이 좋았다는 거겠지?

우리 아빠 멋지네
완전 멋쟁이야~

우리 엄마 소녀네
수줍음 많은 소녀

근데 엄마, 고마운 건 고맙다 좋은 건 좋다 표현해야지
그래야 준비한 사람도 보람되는거야.

엄마, 아빠
엄마가 아빠 사랑하는만큼
아빠가 엄마 사랑하는만큼
나도 그만큼 사랑해.
그러니 서로 더 사랑하도록!

2022.3.11

딸내미 편지_열하나

나에겐 집이란..
손님이 아닌 딸로써 가는 곳이면 좋겠어.
걱정을 하는 곳이 아닌 편히 쉴 수 있는 곳이면 좋겠어.
여름엔 시원하고 겨울엔 따뜻하고 엄마가 힘들지 않을 곳이면 좋겠어.
아빠랑 엄마만의 방이 있는 곳이면 좋겠어.
평생 주택만 살아봐서 사실 아파트면 좋겠긴 한데
아빠가 절대 양보 안할거란 걸 아니깐..
그럼 기왕 주택이라면 예쁜 마당이 있으면 좋겠어.
내 친구를 초대할 수 있는 곳이면 좋겠어.

사랑하는 아빠, 엄마가 항상 있는 곳이면 좋겠어.

아빠, 엄마 이제 헌집 버리고 나쁜 추억 버리고,
좋은 추억만으로 가득 채울 새집으로 이사가자.
내 소원이야.

사랑해.

2022. 3. 12

딸내미 편지_열둘

생각해보니깐 난 땅끝마을 해남에서 자란 것치고는
안가본 곳이 없더라구.
명절마다 서울가고 일 년에 한두번은 꼭 놀이공원이나
워터파크를 가고,
또 주말마다 관광지, 문화유적지도 여기저기 정말 많이 다녔네?

엄마, 아빠가 정말 고생이 많았겠다.
이렇게 다 커보니 주말마다 멀리 놀러 나가는게,
매 끼니 밥 차리는게 얼마나 힘든지 느껴.
부모란 건 정말 대단한 것 같아.
나는 참 좋은 부모님 만나 부족함 없이 많은 세상 경험하고 자랐네.
어두운 부분, 힘든 부분 안보이려 애써 준 덕분에
철 없이 자랄 수 있었어.

정말 고맙고 천천히 갚아나갈게.
엄마, 아빠 내가 훨씬 많이 사랑해.

2022. 3. 13

딸내미 편지_열셋

올해의 나는 어느덧 30대가 되었고,
동시에 엄마도 60대가 되었네.
시간이 참 빠르게 흐른다.

올해 첫 태양을 보며 이젠 정말 진심으로 가족을 위한
소원을 빌게 되더라.
이전엔 항상 나를 위한 소원이 먼저였는데,
이젠 아빠가 건강하기를
엄마가 스트레스 받지 않기를
동생이 정신 차리고 착실하게 살기를

매일 하늘에 떠있는 햇님처럼
난 항상 엄마, 아빠 마음속에 떠있어.
나는 언제나 엄마, 아빠 편이야.
항상 응원해, 그리고 사랑해.

2022. 3. 14

딸내미 편지_열넷

나의 태몽은 홍시였다며?
홍시는 남다른 재주로 세인에 관심과 사랑을 받을
아이가 태어날 꿈이래.

최근 나는 사회에 나와서부터 줄곧 시달리던 회사라는
틀에 박힌 곳에서 벗어나 내 길을 찾기 시작했고,
조금은 두렵지만 나 자신을 위해 용기를 냈어.

내가 하는 거라면 무작정 믿고 가는 아빠
말은 삐쪽삐쪽해도 어떻게 해야 도움이 될지 계속 생각해주는 엄마

아빠 엄마의 지지는 언제나 나의 용기가 되고,
믿음은 나의 확신이 되고,
도움은 나의 한 걸음이 돼.

그런 부모님을 둔 나는 마음껏 꿈꾸고,
마음껏 시도해 볼 수 있어 매우 행복해.

내 인생 이제 시작인데 홍시처럼 남다른 재주로
훌륭한 사람이 되어볼게!

낳아줘서 고마워
아빠 님마기 선넙한 이 세상에서 나만의 꿈을 펼치고
나의 세계에서 아빠 엄마 더 행복하게 해줄게.

아빠, 엄마 어제보다 더 사랑해.

2022. 3. 15

딸내미 편지_열다섯

언제였을까?
내 머릿속에 쿡 박혀 아직까지도 생생
한 기억이 하나 있어.

저녁에 집에 왔더니 엄마가 안방에서
피를 토하고 쓰러져있었어.
나를 반기지도 않고 그냥 그렇게 바닥
에 누워있었어.
너무 두려워 울면서 바로 아빠한테 전
화를 했지.
아빠.. 엄마가 피 토하고 쓰러져 있어.
제발 빨리 와..

엄마를 보는 순간 머릿속에 뭔가 탁
끊어지는 기분이었고
아빠가 오기 전까지 1분 1초가 너무
도 느리게 흘렀어.

아빠가 도착해서 나를 달래고 상황도
잘 수습이 되었지만

나는 커서 깨달았어.
아 그때 그게 피가 아니었구나.
삶이 너무 속상한 엄마가 와인을 벌컥
벌컥 마시고 쓰러졌던 거구나.

한편으론 안도했고, 한편으론 너무 속
상했어.

하지도 못하는 술을 그렇게 마시고
우리가 곧 집에 올 시간이란 걸 알고 있었
을 텐데도
얼마나 힘들면 그랬을까 싶기도 하고..

아빠가 나를 사랑한다는 건 너무나 잘 알
고 있지만,
내가 중국 어디에 있었는지 무슨 학교를
다니는지 무슨 과인지도
모르는 아빠를 보며 나한테 참 관심이 없
구나 상처를 받은 적도 있고,
이렇게 엄마를 힘들게하는 아빠가 미웠
어.

아빠, 하지만 엄마는 항상 나에게 말해.
아빠도 힘든 세상을 살아왔단다.
아빠를 이해해줘야해, 너희 아빠잖아.

아빠는 부족하다고 느낄지 모르지만 엄
마는 아빠를 이해하려고
애썼고 많이 노력했었어.
그게 아빠가 원하는 방향이 아니었을 지
도 모르겠지만 엄마는
항상 우리 가족이 잘되는 방향으로 노력
해 온 사람이야.
그걸 잊지 않아주었으면 해.

엄마, 아빠 우리 행복하자.
딸이 많이 사랑해.

2022. 3. 16

딸내미 편지_열여섯

아빠는 장난도 무척 좋아하지만 진중
할 땐 한없이 진중한,
그래서 어릴 때 난 아빠가 재밌지만
무섭기도 했어.
떼쓰다가도 쓰읍 까불지 마! 한마디만
하면 잠잠해지곤했지.

근데 아빠, 그거 이제 안먹혀ㅋㅋㅋ

내가 너무 많이 커버렸고 변하는 시대
에 적응해 나가지만
아빠는 여전히 예전에 머물러있어서
이젠 내가 알려줘야 할 것들이 더 많
아지고,
내가 하고자 하는 것들에 대해 아빠를
이해시켜야 해.

아빠가 귀찮고 듣기 싫을 때 '까불지
마' 를 쓰는 경향이 있는데
이제 하나도 안 무서워.
우리 집 내가 왕이잖아

아빠 딸 어른이야.
생각 없이 내뱉는 사람 아니야.
그러니 내가 하는 말 이제는 아빠답게
진중하게 잘 들어줘.
엄마랑도 진중한 대화 많이 했으면 좋
겠어.
나의 바램이야!

아빠가 까불지 마 제일 많이 쓰는 때 :
남자친구 이야기, 집 이야기

아빠, 엄마 대화많은 화목한 가정이
되어보자 사랑해.

2022. 3. 17

딸내미 편지_열입곱

엄마는 남편이든 자식이든 100% 만
족하는 법을 모르는 사람같아.
가끔 왜 저렇게까지 하나 싶은데 어
쩌겠어 다 자기만족인 것을..

하지만 엄마, 그걸 상대에게 강요해
서는 안돼.
분명 엄마의 말이 맞기는 하지만 상
대의 입장도 들어봐야지 내 말이 무
조건 맞아 그러니 너는 그냥 이렇게
만 해!의 태도는 오히려 상대의 반
감을 불러일으킨다고 생각해.

이모도 항상 하는 말이 있잖아.
아무리 잘해준대도 그 사람이 원하
는 걸 해줘야지 엄마 기준에서 이게
잘해주는거야 라고생각하고 난 잘
해줬는데 넌 왜 이것밖에 안돼?라고
한다면 그건 잘못된 거지.

우리를 지적하는데 도가 튼 엄마지만,
가끔은 스스로도 돌아봐.
스스로에게는 그 엄격한 기준이 적
용되었는지.
본인을 먼저 돌보고 있는 것이 맞
는지.

엄마 이제 모두에게 잔소리 그만
이젠 내가 악역 할게 그만 쉬어.

아빠, 엄마 나는 우리 집 중재자로
써 둘을 똑같이 공평하게 사랑해.

80

2022. 3. 18

딸내미 편지_열여덟

어릴 땐 내가 많이 혼났지만 지금은 내가 엄마 아빠를 혼내게 되네.
잔소리를 하고 싶지 않은데 안고쳐지니 자꾸만 할 수밖에 없게 되는 것 같아.
엄마, 아빠 이팔청춘 아니잖아.
제발 자기관리하고 건강 지켜서 아프지 않고 오래도록 함께였으면 좋겠어.

나 아프면 속상하지?
나는 아빠 엄마 아프면 두 배로 속상해 제발 아프지마,
그렇다고 숨기지도 마.
나중에 알게 되면 훨씬 더 속상하니깐.

엄마 절뚝거릴 때마다, 아빠 기침할 때마다 속상해죽겠어.
아빠 입 심심해도 땅콩이나 과일, 고구마 그만 좀 먹어.
엄마 제발 짜게 먹지 마 김치 좀 그만 먹어.

엄마, 아빠가 내 말 듣는 만큼만 사랑할거야.

2022. 3. 19

딸내미 편지_열아홉

아빠가 엄마를 만나고 엄마가 아빠를
만났던 것처럼
나도 누군가를 만나 소중한 추억을 쌓
고있어.

아빠 엄마 눈엔 내가 아깝겠지만
어느 자식이든 부모에게 있어 소중하
지 않은 자식은 없어.

아빠는 항상 내 의견이라면 존중해주
잖아.
이번에도 믿고 존중해 줬으면 좋겠어.

내가 누군가의 도움이 필요할 때,
우리의 거리가 너무 멀어 아빠 엄마가
달려와 도와줄 수 없을 때,
이사든, 집 수리든, 운전기사든 언제
든 마다하지 않고 도움이 되어주었어.
무엇보다 아빠 닮아 불같은 내 성격
다 받아주는 친구야..

내가 이 친구 집에서 미소로 대접받듯
우리 집에서도 환영받았으면 좋겠어.

엄마, 누구든 준비된 사람은 없어.
우리가 부족해보이더라도 그저 돈만
많은 사람보단
함께 대화하며 계획해나간다면 미래
가 더 행복하지 않을까?

나는 나야.
내가 선택하고 내가 계획하고 내가 살
아갈거야.
아빠 엄마의 응원은 내가 더 행복할
수 있는 용기가 돼.
그러니 쓸데없는 질투 제발 그.만.

아빠, 엄마 이번에도 나를 믿고 응원
해줘, 사랑해.

2022. 3. 20

딸내미 편지_스물

내가 집에 가면 아빠가 항상 하는 말이 있지.
"이제 또 시끄러워지겠구만"

내가 집만 가면,
엄마는 아유 저리 좀 가
아빠는 아유 시끄러워

나는 맏딸로써 이 집안에서 나의 역할이 아주 중대해.
내가 왕이 되기도 하고, 중재자가 되기도 하고, 애교 부리는 딸이 되기도 하
고, 든든한 친구가 되기도 하지.
엄마 아빠는 딸 정말 잘 둔 거야.
남의 집 열자식 안 부러운 딸내미 하나 있는거야.

그리고 나는 다 엄마, 아빠가 만든 거야.
밝고 시끄러운, 즐거운 나를 만들어줘서 고마워.
엄마, 아빠 시끄러운 나두 좋지?
나도 사랑해.

2022. 3. 21

딸내미 편지_스물하나

21일간의 편지를 마무리하며
아빠 엄마에 대해 많은 생각을 할 수 있는 좋은 시간이었어.
비록 21편의 짧은 글이지만,
이건 모두 내가 지금껏 느꼈던 것들을 한 글자 한 글자 꾹꾹 써 내려간 소중
한 마음이야.

아빠 엄마가 내 마음을 좀 더 알아주기를
본인 자신들을 좀 더 돌보기를
아빠 엄마가 생각하는 것보다 내가 아빠 엄마를 훨씬 많이 사랑하고 있다는
것을,
가족보다 소중한 건 없다는 것을 알아주기를..
나도 깨닫고 반성하는 시간이 되었고,
아빠 엄마도 깨닫는, 되돌아보는 시간이 되었기를 바래.

앞으로도 나는 아빠 엄마의 딸내미로써
더욱 노력하는, 세상 가장 소중한 친구가 되어줄게.

매 순간 사랑할게,
아빠, 엄마 사랑해.

오늘도 _____ 반짝반짝

아트혜봉 지음

오늘도시리즈
세번째

PART 4

Step 1 - 우아하게

아트혜봉

×

나에게 주어진 종이는 한 장뿐이었습니다. 이미 그리기가 시작되었는데..생각만큼 내가 꿈꾸던 대로 그려지지 않았습니다. 지우개로 지워도 흔적이 남았고..심지어 지워지지 않은 부분도 있었습니다. 깨끗한 새 종이로 바꾸고 싶은 마음뿐이었지만..그럴 수 없음을 알았습니다. 그래서 눈을 감고 생각해봅니다. 어떻게 하면 예쁘게..더욱 예쁘게~덧칠할 수 있을까..
괴롭고 아팠던 시간들을-아픔과 슬픔에 머물러 있지 않으려~애썼던 소중한 21일이 시간들입니다.

2022. 3. 1

뭐부터 정리해야 하니..
정리할게 너무 많아서 머리가 복잡하다..^^

집도 정리해야 하고..
할 일들..계획들도 정리해야 하고..
함부로 말하는 사람들도 정리해야 하고..
바닥을 내려다보며 또 내려가려 하는
내 감정과 힘도 정리해야 하고..
한결같이 힘들게 하는 어제의 남편도 털어버리고
다시 일어서야 하고..

그래..그래도~옛날옛날옛날을..생각해 봐..
계속계속계속..좋아지고 있음.을 잊지 말자고.

2022. 3. 2

이런..엄청 비싼 그림이 되어버렸다..

아저씨..괜찮겠지..?괜찮아야 하는데..
딸 걱정할 우리 엄마 아빠..괜찮아야 하는데..
보물들..엄마 일찍 못 와서 불안했을 텐데..

됐고..너 생각해..너도 많이 놀랐잖아..

ㅠㅠ..

나를 챙겨야지..
나는 내 편이어야지..

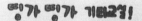

2022. 3. 3

걱정마~하는데..사실 엄청 걱정된다 ㅎㅎ
괜찮아~하는데..사실 난 괜찮지가 않다. ㅎㅎ

근데~그 와중에도-
햇살이 너무 예쁘고..
따뜻한 봄바람이 오묘하고..
힘을 주는 따뜻한 글들이 읽혀지고..
장하루!!너의 훌륭한 글과 그림이 보인다..^^

그렇게..그 와중에도-
나는 오늘을 열심히 살아냈다-^^

2022. 3. 4

새 학기가 시작되었다~
너희들처럼 학교를 신나게 다니는 애들이 또 있을까..ㅎㅎ
개학을 손꼽아 기다리다니..;;
나는 방학이 끝나가는 것에 슬퍼하던 사람이였는데..^^;;

즐겁게&말랑말랑하게 살아야 한다는 걸..나도 배워간다..^^

2022. 3. 5

화를 낸다고 하여-달라질 건 없다.
너무 잘 알면서도..
또 화를 내고 있는 나를 발견한다.

힘이 생기면..
오늘도 나를 돌아버리게 한 너를..
가만두지 않을꺼야..
라고 말하지만..

어떻게..? 내가..?? ㄱㅜㅜ

이제 역전되리라!
라는 말이 내꺼 였으면 좋겠다..

나도 미래의 나를 꿈꿔보며-웃자^^

남편에 얽매이지 않고 더 잘 살고 있음.
남편이 버는 돈보다 나는 3배를 벌고 있음.
자근자근 밟으며 살고 있음.

나처럼-힘들어 하는 사람을 돕고 있음.

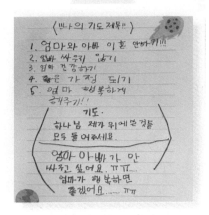

2022. 3. 6

나는 아무 말도 할 수 없었다.
나는 방에 들어가서-조용히 오열했을 뿐이다..

아이들에게 미안함을 어떻게 다 갚아야 하나..당장 아무것도
어찌하지 못하는 내 모습으로 너무 괴로워하는 가운데..
울며-생각했다..

내 아이의 기도 제목들이 이루어질 수 있도록..

먼저..내가 건강해져야겠다..
나를 살펴주자.나를 돌봐주자.나랑 얘기하자.나를 예뻐하자.
나를 사랑하자.나를 귀하게 여기자.나를 칭찬해 주자.

기다려봐..기도 제목들이 곧 바뀌게 될 거야..

2022. 3. 7

잘 그리고 싶다..가 맞을까~
잘 그려야 한다..가 맞을까..

하..자신이 없다..뭘 어떻게 그린다..ㅠㅠ

나는 고민만 하고 있는데-
애들은 벌써 그리고 색칠하고 있다.
나도 애들처럼-그리자..^^

1) 정다운 선생님 그림 생각하며..난 역시 못해..ㅠㅠ
이렇게-좌절하지 않기.
2) 교수님의 평가를 자꾸 의식하지 않기.
3) 그냥 막 그리기-내 맘대로 그리기-ㅎㅎ
4) 내가 좋아하는 색깔들로 색칠하기-ㅋㅋ
5) 내 결과물을 놓고-얘기하는 사람들의 눈,표정,언어..등등에
요동하지 않기.

2022. 3. 8

무엇을 바라보느냐는-정말 중요한 것 같다.

나는 끊임없이..다른 사람들을 바라본다.
나에게 없는 것들이-그들에게는 모두 있어 보인다.
비교에서 나온 결과물은-낙심과 절망뿐이다.

이제는..나에게 있는 것들을 바라보려 한다.
생각을 하면 할수록..감사할 게 많구나..오히려-내가 더
가지고 있네..라고 고백하게 될 것 같아서-매우 떨린다.

(단..돈 문제는 빼자..!! 남들보다 돈이 없음..으로..어쩌고저쩌고..하
며-가치를 따지고..부러워하는-등등의 찌질한 인생은 살지 말자-^^!)

그리고-미지마오로 우리가 함께 같은 곳을 볼 수 있다면..
더 행복할 것 같네..

2022.3.9

너무 욕심이 들어갔나 싶다.잘하려는 욕심..
최고로-굉장히-수준 이상으로는..잘해야만 한다!!하는 욕심..
실수,망치는 거,이상한 거-단 하나도 안돼..!!하는 가장 쓸모 없는-완
벽주의-흉내 내기.

도전적인 건강한 에너지~! 바로 거기까지 여야 하는데..나는 항상 선
을 넘고-잘하기는 커녕-오히려-올스탑이 된다 ㅎㅎ

괜한 부담감에-어수선하기 짝이 없는..
아마추어 같은 모습으로..;;

프로가 되기 위해..실수와 실패를 더 쌓자.^^
이런 이력을 먼저 만들고-다시 얘기하자.

♡망친 그림 100장.
♡맘에 안드는 글 100개.

2022. 3. 10

내가 원하던 결과가 아니었다.
그럼에도 받아들이는 것이..
좀 더 어른다운 모습이라고 한다.

힘이 있는 사람들은 말로.행동으로..
그 결과들이 틀렸음을 증명하려 하고-
내가 주장하는 결과로 바꿔놓기 위해-
모든 에너지를 사용한다.

나는..내 마음을 정돈하려 한다.
잠깐이라면 잠깐이고-길다면 길었던..나의 불쾌했던 마음들..
고통스러웠던 시간들..여전히 찌꺼기같이 남아있는 찜찜함 들..
지워지지도 않고..지우기 위해 애쓰는 에너지도 아까운..
이 모든 것들..덮자.

예쁜 마음으로 덮자.
회복된 건강한 나로 덮자.
그래그래..그냥 받아주는 넉넉함으로 덮자..

그리고-한번 보자..
잘하겠지 뭐..^^

잘하시겠지 뭐..^^

99

2022. 3. 11

이런 게 있었네..하며. 베란다에서 찾았다.
모작해 보던..그 공간..그 시간들이..아련하다.

순수미술 전공한 애들이 사용하는 재료들이 마냥 너무 신기했고..
비싸서 몰래-벌벌 떨어가며 물감을 사면서도..
느껴지는 전율이 있었고..
생활력도 없고 경제적이지도 못한 인간..이라며-자학하던..

나의 20대 중간의 시간들-

여전히 나는 그저 그런 시간들을 살아가고 있다.말하지 말자..
너무 뒤처진 나.라며 가라앉지 말자..

괜찮아..(갑자기??ㅋㅋ)

토닥토닥..^^

2022. 3. 12

마음으로 읽기 바란다..♡

1번은..자신감! 다 할 수 있어!
2번은..우선순위를 잘 지켰으면 좋겠어.
3번은..따뜻한 사람이었으면 좋겠고..
4번은..늘 꿈이 있는 사명자로 살아가길..
5번은..성취감을 맛보며-신나게!!살기.

마지막으로..
엄마가~늘 기도하고 있다는 거 잊지 말고..^^

*PS-얘들아~오늘 경아이모.생일이다..^^
함께 축하해 주자♡

2022. 3. 13

친구의 첫 개인전을 다녀왔다.
예쁜 곳에서~예쁜 그림들..고마웠다.

훌륭해..^^

오는 길에-예전에 함께 하던 친구들의 소식도 들었다.
반갑기도 했고..쓸쓸하기도 했고..ㅎ
여러 가지의 모습으로 살고 있는 우리들..
그저 신기할 뿐이다.

마음이 따뜻하기도 했고..차분해지기도 했던..오늘~

2022. 3. 14

내가 바라는 것들이 참 많았었다.

너는 늘 나랑 같이 있어야 했고..
내가 주는 감정들에..늘 반응했어야만 했다..

근데..그건..아니였던 것 같네..

이제는..그냥 바라볼게..^^
너의 웃는 모습을-♡
너의 빛나는 모습을-☆

그리고-많이 기다릴게..

그렇게~묵묵하게 따뜻하게 깊이있게-
사랑할세..

2022. 3. 15

어느새..아련한 옛 시간들이 늘어가고 있다.
가슴이 뻑뻑해지는 게..나는 아직도 울컥하다.
얼마큼의 시간이 더 지나야~
웃으며 추억할 수 있을까 모르겠다.

이제 절대로-갈 수 없는 곳..
근데 너무나도..다시 살고 싶은 곳..

지금은 함께 할 수 없는 너..
근데 너무나도..보고 싶은 너..

음..이 마음들을 어떻게 정돈해야 할지..
오늘도 모르겠네..;;

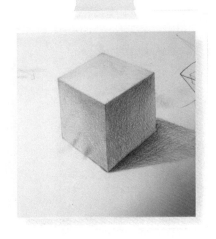

2022. 3. 16

기초는 반드시 필요하다고 생각한다.

기초가 잘 다져져야..
변형도 하고~응용도 하고~창출도 가능하다.
단단하게 잘 갖추어지지 못한 기초들 때문에..
많은 것들이 무너지는 것 같다.

무너지지 않고 단단하고 우아하게-살기 위해-꼭 필요했던
나의 지난날들이었나..싶다.

그리고 하나 더~
기초를 완벽하게 다 쌓았다고 속단하지 않겠다.
기초도..끊임없는 점검&체크가 필요하다.

그러니까..지금부터 내세 찾이오는 고난들은-너무 미워하지 말자~ㅎ

2022.3.17

　　　나의 모든 것들을 또 녹아내리게 한다.
　　　"너가 운전하고 있단 말만 들었는데도-
　　　　　　내가 너무 감사하구나..
　　　너가 이제 숨을 좀 쉴 수 있게 되었구나.."
　　　하시며-오늘도 전화해 주셨다.
　　　일 년에 한두 번씩-꼭 전화해서는..
　　　　　"아직도 그놈이랑 사냐..
　　　너가 살아 있다는 것만으로 너무 감사하구나.."
　　　라고 말씀해 주신-나의 전도사님..

　　　"너는 이제~뒤로 물러갈 게 없어~
　너가 단단해졌고-이미 빡센 거 다 겪었으니~
　너는 앞으로만 가면 된다..고맙다.사랑한다.."

　　　　　　To 전도사님께
남편분이 퇴직하시고~그렇게 멀리 이사 가신 거..전 몰랐어요~ㅠㅠ
　　　　　　저 놀러 갈게요^^
　　덕분에~바닷가 구경도 하고..벌써 신나요..
　　　　　애들 진짜 많이 컸어요..
　　우리 가족-전도사님의 열매랍니다..
　　늘 저를 살리십니다..너무 고맙습니다..

2022. 3. 18

좋았던 기억들도 분명히 있었다.
힘들고 아팠던 시간들에만~
너무 머물렀던 건..아닐까..하는 생각이 든다.

이제 빠져나오자~
행복하고 웃었던 시간들도 한번 찾아보자..

더 기쁘고 신나는~감격의 일들로 가득가득 채워지는-시간들도..
상상해 보자~

2022. 3. 19

오늘 정말..힘들었다..ㅠㅠ
내가 너무 감정에 사치를 부렸는가 보다.
내 인생에~또 파내버리고 싶은 날을 추가한다..
끔찍한 결혼기념일 이였지만..
음..생각해 보니..결혼기념일엔..늘 행복하고 기뻐야 한다는 공식이
있었나?

뭐 어때..!! 해보려 한다.
내년 결혼기념일엔..행복하고 기쁘겠지..
생각해 보니..지나온 결혼기념일보다~
남아있는 결혼기념일이 더 많다.

그러니까..다 괜찮은 거다.

2022. 3. 20

왜 이 시간들을 소중하게 생각하지 못했던가..생각하고 있는 중이다.
되게 거창하지 못하게~그냥 그냥..그냥 그냥..이였어..라고
생각했었는데..지금 보니..
그동안~나를 거쳐 지나간 아이들도 많았고..
남겨진 예쁜 그림들도 참 많다.
그냥.이 아니었던 거다..
나의 세 아이들만~내 시간의 전부였다고 여겨 왔는데..아니었다.
하마터면..그동안의 나의 시간들에게..
감사하지 못하고~지나갈 뻔했다.

지금이라도 기회를 줘서-고마워..♡

2022. 3. 21

나 지금 웃고 있다..^^
여기까지 온 내가 대견하다고..듬뿍~칭찬해 주고 싶다.

또 가자~하나씩 하나씩..
왠지 이제는 잘 할 수 있을 것만 같다..

정말 행복하다..
라고-말하고 있는 나를 상상해 본다.

아드레봉

오늘도 _____ 반짝반짝

신수연 지음

오늘도시리즈
세 번째

PART 5

그대로 받아들이기

신 수 연

×

느껴지는 그대로 받아들일 것.
그러면 좀 더 잘 표현할 수 있지 않을까.
나를 드러내는 것이 낯설지 않도록.

2022. 3. 1

무언가 다른듯
뽐내듯 반질반질.

언제부터 여기 있었던거니?
겨울이니까
겨울이라서.
오래 있어 왔던 것을
무심히 지나쳤던 탓일까?

계속 보아야 보인다.
익숙한 것이라도
다 안다고 할 수 있는 건 없다.

2022. 3. 2

"와아, 좋다."
하고 감탄사를 내뱉은 적은
얼마나?

이것 다음에 할 일,
그 다음 할 일들을
생각하느라
해 내는거에만 집중한건 아닌지.

순간순간 감탄 할 줄 아는
너를 보며

나를 돌아본다.

2022. 3. 3

"엄마, 팝콘 같아요."
표현하는 아들이 기특해보이는 순간이다.

영화를 보러 같이 갈때마다
이따금 팝콘을 꼭 사먹어본다.
집이 아닌 다른 공간에서의 그 기분을
느끼게 하고 싶어서.
이건 '팝콘' 이라는 것을 보여주고 싶어서.

알아야지 어떤 순간이건
생각을 할 수 있으니까.

온통 아파트 창문 배경이지만
꽃을 볼 수 있음에 또 감사하다.

2022. 3. 4

첫 유치원 등원 이틀째 저녁,
어린이집이 그렇게 안가고 싶다 하더니
다시 가고 싶다고
흘리듯 말하는 아들.

점점 더 기억해야 할 것들이 많아지고,
멋모르는 아기때의 자유가
줄어들고 있음을 느꼈을까.

첫날과는 다른
가볍지 않은 발걸음을 보니
마음 한켠 짠해지는.

많이 보듬어주고
마음이 편하도록 채워야겠다.

2022. 3. 5

오늘 하루
내가 누군가에게 말한 것이라곤
아이들과의 대화, 아이들 일상, 부모님 안부, 세상 뉴스거리 등등.
나에 대한 이야기는 없다.

그래서 더 간절히 가지려고 한다.

내 이야기를 써 내려가는
혼자만의
나와 마주하는
나만의 방향을 잃지 않기 위한
지나고 나면 없을
귀한
지금 이 시간.

2022. 3. 6

너의 그 작고 귀여운 손을 잡고
같이 걸어다니며 보내는 그 느낌이
좋다.

햇살 좋은 날이든,
비 오는 날이든, 바람이 조금 부는 날이든,
같은 공간에서
각자의 시선으로
이따금 공감과 함께

자연스럽게,
느슨해진 긴장감으로 만들어지는
손을 잡고 있는 서로의 적당한 거리에서

2022. 3. 7

사람을 볼 줄 아느냐라고
누군가 나에게 묻는다면

아니오, 잘 모르겠어요.
나이가 들어갈수록 당연히 알게 되는 줄 알았는데
사람을 어떻게 한번 보고 판단하겠어요?

문득 한가지는 생각하게 되는 것 같아요
어떤 순간 순간마다
어떻게 표현하는지
그 말 한마디 한마디.

그 속엔
평소 생각하는 방향, 습관, 철학, 신념 등이
묻어 나오기 마련이니까
상대방에 대한 배려가 있는지도 보게 되는 것.
듣는 상대가 아이일지라도.

2022. 3. 8

잘 먹을까?

한껏 들뜬 설레임으로
오물거리는 너의 귀여운 입술 상상하며
천천히 저어가며 만든 이유식.

먹는 연습을 위한 연습
처음부터 잘하는 건 없다.

첫째 때보다
여유로워진 내 마음

기대된다.

2022. 3. 9

일상에서 보게 되는
색의 톤만 바뀌어도
기분이 화사해지는 것.
얼굴빛도 덩달아 핑크빛.

2022. 3. 10

하나에서 둘이 되면서

첫째라서 먼저 챙겨주니
둘째는 자꾸 뒷전이 되고,

그래도
둘째가 어려서
손이 많이 가니
첫째가 뒷전이 되고,

눈치를 보는 건 아닌데

아이의 감정이
그때 그때 어떨지 생각하다
하무가 더 가는 기분

2022. 3. 11

마른 풀들 사이에
혼자여도
햇빛에 반사되는 빛으로 눈부신

봄이 오는 신호
발견하기.

2022.3.12

아이가 자라서 독립하여
홀로서기를 잘 할 수 있도록 돕는 것이
부모의 역할이라는데

난 너희와의 홀로서기를 잘 할 수 있을까

아들, 커서도 엄마랑 여행도 다니고
맛있는 것도 먹으러 다니자.
그러고 있다.

2022. 3. 13

자녀 두 명을 키우게 되면서
손이 부족하거나 힘이 들 때
이따금 엄마에게 전화를 건다.

이러한 상황인데 어떻게 하면 좋을까.

그러면 항상
여기 와, 지금.
봐줄께.
그런다.

언제든 늘 그렇듯
그래 그렇지 하며 받아주는 한 사람.

엄마라는 존재.

2022. 3. 14

"하지마", "하면 안돼" 하면
"왜?" 라고 항상 되묻는 아들

그 날도
어른이 빨리 되고 싶다고 한다.
무언가 하고 싶은대로 다 할 수 있을 것 같단다. 안 된다는 거 없이.

그래서
아들, 노는 거 좋지?
응
매일 놀고 싶다고 했지?
응
어른이 되면 놀고 싶어도 놀 수가 없어
라고 했더니
어른이 되고 싶지 않단다.

설명하려니 길고,
생략해버릴 때가 있다.
지금과 같이.

어른이 되어
놀고 싶을때 놀 수 있으려면.

2022. 3. 15

의식하지 않아도
여유있으면서
차분하고 우아하게
아름다운 언어의
정돈된 문장으로
말하는 모습을 상상한다.

어떤 상황에서든.

2022. 3. 16

둘째 백일촬영이 있는 날.
자고 있던 아이를
안아 데리고 갔다.

그런시기인지
잘 웃고 잘 자고 잘 안울고 해서
큰 걱정없이 갔다.

그런데,
촬영 시작 후
표정은 좋지 않았고
두번째 컨셉 들어갈 때
울기시작하여 달래지지 않아
중단하였다.

그래, 그래.
낯선 환경, 낯선 사람, 낯선 공기,
낯선 상황, 부족한 잠
너도 힘든가보다.

촬영작가님이 계속 물어본다.
잠이 오는 거예요?
낯을 가려요?

나는 답하기가 애매하다.
어떻게 한가지로 단정지을 수 있겠는가
아기도 여러가지가 느껴질텐데.
내가 아니라서 추측할 뿐.

2022.3.17

두통...
앞쪽? 오른쪽?
왜 지끈거릴까.
이유없는 통증은 없다 했는데.
신경 쓰이는 일이 생겼나?
나 스스로도 모르는.

평소 아플 일도 없어
작은 통증들은 대수롭지 않게 넘겨서
이럴때면
왜 그런지 생각에 생각을 하는.

잠시 멈춤.

2022. 3. 18

오랜만에 비가 온다.

난 걱정스레 "비가 오네."
아이는 해맑게
"우산 쓰면 되지!"

나가보니 바람이 분다.
난 "바람이 좀 부네." 라며 아이를 보니

"엄마, 우산이 날아가버리면 어떻게 하지?" 하며 웃는

우산이 바람에 밀리고 흔들리는 그 느낌조차
신기하고 재미있는 아이.

다행이다.
잡아주지 않아도
무서워하지 않아서.
웃을 수 있어서.

2022. 3. 19

좋은 습관이 몸에 배듯 하려면
나 스스로
긴 시간 부단히 애쓰며
길들여지는 것이
필요하다.

그러다
다른 누군가에게
길들여지고 싶지 않다는 생각에
아둥바둥 거리다가
아무것도 아닌게 되버리는 듯.

시선을 언제나
지금의 나를 보고
내일의 나를 볼것.

2022. 3. 20

그래도
봄은 온다.

지금 이 순간 순간을
기쁘게 만끽할 것.

지나면 다시 없을 시간.

아이처럼.

2022. 3. 21

너의 등원 20일 남짓.

조금 익숙해지기 시작했는지.
아침 등원길이 좋단다.
유치원이 좋아요
말한다.

엄마도
그냥 온전한 나로서
드러내고 표현하는 거에
조금씩 익숙해지고 있나봐.

21일이 주는 의미.

너의 가벼운 발걸음
오늘도 감사해

신수연

오늘도 ＿＿＿⌣＿＿＿ 반짝반짝

김태연 지음

⌣

오늘도 시리즈
세 번째

PART 6

나의 이야기...

김 태 연

×

평범한 남자의 조금더 평범한
일상이야기...

2022. 3. 1

느리게...

겨울의 마지막...

아쉬움을 뒤로한채 고즈넉한
백담사에서 느리게 걷기

마음속 가득한 생각들이 정돈되며
잠시 머물다 가는세상
아웅다웅 역정내며 살아간들
무슨 의미가 있으리...

2022. 3. 2

오늘이라는...

퇴근길...
저멀리 석양이 나를 반기며
오늘이라는 하루가 지나고
흘러가는 시간의 굴레속에
또다른 내일이 나를 기다릴테지

오늘이라는 나의 시간은 이렇게
한줌의 담배 연기처럼
잠시 스쳐 지나간다.

-김포공항 퇴근길

2022. 3. 3

주말여행, 그리고 바람...

지친 일상에 단비같은
주말여행을 다녀왔다.

내가 사는곳과 다르게 벌써 이른
봄이 찾아온듯 따스한 햇살과 바람이
나를 반겨주었다.

몸도 마음도 지쳐가는 요즘...
눈과 입 그리고 마음까지 즐거운 여행

그곳의 바람이 내 귓가를 스치며 말했다.
이제 그만 훌훌털고 일어나라고...

-부산 기장

2022. 3. 4

별일없이...

바람부는 날에 마장호수의
출렁다리에 간적이 있다.

너무 흔들려서 내가 저 끝까지
갈수있을까... 하는 생각이 들었다.

날아갈 뻔한 모자를 부여잡고
한걸음 한걸음 조심스레 내딛으며
반대편에 도착후 되돌아 보니
어찌 걸어왔는지 아찔할 정도로
꽤나 먼 거리였다.

내 인생도 이내 되돌아 보니
별일없이 살아온 듯 하다.

아직은 인생의 반정도 지나왔지만
하루하루 별일없이 산다는 게 가끔
은
얼마나 고마운 일인지...

바람부는 오늘
이렇게 나의 하루는
별일없이 지나갔다...

-마장호수 출렁다리

2022. 3. 5

좋은날...

지금이 행복한 이유는
좋은날, 좋은너와 함께하기 때문에

소중한 하루를 더 소중한
사람과 함께 하기에

오늘도 네 생각으로
하루를 보낼수 있음에 감사해...

-양평 어느 카페에서

2022. 3. 6

나의 주말...

제빵기로 만든 빵에
커피한잔 하며
나만의 카페에 앉아
소소한 행복을 느껴본다.

구수한 빵내음과
짙은 커피향이 어우러져
코끝을 자극하고,

문득 나는 타인에게
어떤 향기로 존재 하는지...

내 말과 행동과 표정이
어떤 느낌으로 비춰 지는지...

문득 궁금해지는 주말

오늘도 나 자신을 되돌아 보며
커피잔을 비워본다...

-집 테라스

2022. 3. 7

안녕 겨울 …

어느덧 겨울은 가고
제법 낮 기온은 봄다워 지는
요즈음

겨우내 꽁꽁 얼었던 몸도 마음도
이제는 피어나는 봄동의 새싹처럼
다시 환하게 펴지길 바라며

답답했던 그간의 시간들이
이내 다가오는 봄처럼
화사한 나날들이 가득하길

오늘도 바래본다…

-을왕리 카페

2022. 3. 8

한잔 ...

추억의 통골뱅이 집...

세상 모든게 변해가도
늘 한곳에서 변함없는
맛과 추억을 간직한 이곳

난 이곳이 참 좋다.

이곳에 오면 가슴 한켠에
자리잡은 옛 추억이 아련하게
떠오르곤 한다.

지금 이순간도 훗날 되돌아보며
너와 나의 추억으로 되뇌겠지...

과거와 현재 그리고 먼 훗날이
함께 공존하는 이곳에서

쓰디쓴 소수 한산과 행복힌 웃음으로
오늘도 추억을 만들어 본다...

-청량리 통골뱅이집

2022. 3. 9

친구...

세월이 흐르고
나이가 늘어 갈수록
점점 사람과의 관계가
쉽게 정리되는 느낌이 든다.

늘 영원할것 같았던
우정도 그리고 사랑도
찰나의 순간에 연기처럼
사라지곤 한다.

있을때의 소중함은
왜 꼭 잃고나서 비로소
느끼는 것일까?

흘러가는 세월은 막을수 없지만
스쳐 지나가는 소중한 인연은
잃지 말아야 겠다.

오늘따라 옛친구가 생각나는 하루

오래된 친구에게 나는 오늘
안부 전화를 걸어본다...

-오이도 노을과 우정

2022. 3. 10

오르막...

「지금 네가 힘든 이유는
오르막 길을 걷고있기 때문이다.」

어디선가 읽었던 글귀...

내가 지금 힘든 이유는 정말
오르막 길을 걷고있기 때문일까...

혹여 코로나 또는 경기 악화란
이유로 핑계를 대고 있지는 않을까

내 마음에 물음표를 던져도
원하는 답을 얻지 못했다.

그간 주변의 시선안에 좌절도,
승리에 대한 도취도 너무 쉽게
해 버린듯한 내 자신을 되돌아 보며

어느새 풀이긴 신발끈 동여메고
마음을 다 잡아야 겠다.

-경남 사천 어느 카페

2022. 3. 11

찰나 …

살면서 삶의 방향성이
바뀔법한 일생의 기회를
접한적이 있다.

비록 그 기회를 잡지는 못했지만

언젠가 그 찰나의 순간이 다시금
찾아오길 바라며,
오늘도 꿈꾸어 본다…

-자월도

2022. 3. 12

참 좋다...

나는 등산을 좋아하지 않는다.

똑같은 복장에 삼삼오오
한곳을 향해 몰려가는 인파속에서
자연을 접하기 보다는 사람을
더 가까이서 접하는게
내가 알고있는 등산이기 때문이다.

언젠가 혼자 남쪽 여행중에
평소 가보고 싶던 금산 보리암으로
향했다...

평일 인파가 드문 시간에
드디어 보리암 산장에 도착했다.

멀리 보이는 남해의 바다와
산의 멋진 풍경이 어우러지며
절경을 이루었다.

그순간 느꼈다.
사람들이 산을 오르는 이유를

그간 숲을 보지 못하고
나무만 보아 오며 살아온
어리석음을 반성하며...

보리암 금산산장의
명소에서 컵라면에 파전을 먹으며
막걸리를 아쉬워 해 본다.

참 좋다...

-남해 보리암 금산산장

2022. 3. 13

힐링...

답답한 도심속의
일상을 벗어나

공기좋고 풍경좋은
곳 에서의 힐링...

지나고 생각해 보니

좋은 곳에 가서가 아니라
좋은 너와 함께라서
나는 늘 힐링이 되었다...

-부산 카페

2022. 3. 14

나는...

힘든 시기다.

내가 하는일이 내가 가는길이
맞는지 물음표가 붙기 시작했다.

기나긴 그리고 어두운 터널을
지나는 느낌이 든다.

어디가 터널의 끝인지
언제가 빛이 나오는 시기인지
구분이 모호해 진다.

계속 앞으로 나아갈지
좌회전 우회전 해야할지
또는 뒤로 돌아가야 할지
혼란스럽다

농부는 밭을 탓하지 않기에
나는 나를 다그쳐 본다.

하루가 무의미해 지고
상념과 생각이 많아진다.

부정과 긍정 사이에서

오늘도 내 자신에 질문을
던지며 하루를 곱씹어 보고
더 나은 내일을 희망해 본다.

-군산 바다

2022. 3. 15

여유...

S.J 가 만들어준
갓 구운 붕어빵과 방금 내린
커피 한잔에 여유를 만끽해 본다.

어느덧 봄은 오고 제법 따뜻한
햇살이 테라스를 비추고,

바람을 타고온 푸릇한
공기에 다양한 감정들이 오간다.

누군가를 사랑하고
누군가에게 사랑받기에
오늘이 더 밝게 느껴지는...

어제의 안좋은 일들은
저 한켠에 고이 묻어두고

나만의 여유로운 하루를 시작해 본다.

-집 테라스

2022. 3. 16

시간이 멈춘듯...

쉼없이 달려온 하루들이 모여
소중한 나의 어제와 오늘이
만들어 진다.

밀려오는 파도처럼
빠르게 시간은 흘러만 간다.

잠시 내 머리속을 비울 시간

마치 시간이 멈춘듯 한
조용한 바다에서
조그만 추억을 만들어 본다.

-속초 해변

2022. 3. 17

기다림...

나는 기다리는 걸 잘하는 편이다.

언젠가 낚시에 푹 빠져서
반나절 동안 고기의 입질을
기다려본 적도 있다.

푸른 바다와 시원한 파도 소리가
어우러져, 한폭의 수채화 같은
자연 앞에서 그저 기다리기만 할뿐

비록 아무것도 가질수 없었지만
무소유가 유소유의 일부임을
안위하며

오늘도 마냥 그것을 기다려 본다...

-안면도 바다

안녕... 가을...

2022. 3. 18

가을스럽다.

요즘...

참 가을스럽다.

차가운 공기와 따뜻한 공기가
교차되며 내 볼을 스쳐가는
바람이 마치 가을스럽다.

만물이 소생하는 봄과
수확의 계절인 가을은 많이 틀리지만

그래도 가을스럽다...

가을
아픔이 많았던 계절

그래도 난 가을이 참 좋다.

어서와 가을아 ,,

-양평 카페

2022. 3. 19

평범함...

평범한 남자의 조금은 더
평범한 일상이야기...

어느덧 평범한 나의 일상을
한 줄 한 줄 적다 보니

평범 함들이 모여 특별함이 되었다.

나의 평범한 일상이
특별한 날들로 기억되길 바라보며

오늘도 하루의 일상을
고이 되돌아본다.

-거제도 어느카페 앞

2022. 3. 20

살아가기...

커피의 향기를 음미하고
낯선 곳의 공기를 반기며
긍정의 삶을 희망하는
나...

언제부터인가
내가 지향하는 삶의 방향성이
흔들리곤 한다.

바라던 일들은
반대로 흘러가고
뜻하지 않은 일들이
찾아오곤 한다.

오롯이 감내하며 받아들이기엔
너무나 비기운 현신들

그마저도 내 삶의 일부이고
내 인생의 한 조각 일뿐

나는 나이기에 포장을 거두고
흘러가는 강물처럼
그저 삶에 희석이 되기를

언젠가 날개를 달고
훨훨 날아오르는 날이 오길

오늘도 간절히 바라보며
살아가 본다...

-사천 바다 카페

2022. 3. 21

편지...

벌써 2년이란 시간이 흘렀습니다.

이별의 인사를 할 틈도 없이
갑작스레 우리 곁을 떠나가신...

이제는 살만해져 그동안 못다 한
보답을 할 시간도 주지 않은 채

생각하면 그리움과
죄송한 마음만 가득합니다.

있을 때의 소중함을 모른 채
허무하고 황망함만 남은듯...

더 두려운 건
시간이 흐를수록 점점
어머니의 존재가 잊혀 진다는
이 느낌.

꿈속에서라도 꼭 한번 어머니의
얼굴을 보고 싶습니다.

살아생전 하지 못한 말
너무나 사랑합니다.

어머니...

열심히 하루하루를 살아가겠습니다.

김태연 올림.

樹欲靜而风不止, 子欲养而亲不待
(수욕청이풍부지, 자욕양이친부대)
나무는 고요히 있고자 하나 바람이 그치
지 않고,
자식은 부모를 봉양하고 싶으나 부모는
기다려 주지 않는다.

-파주 어머니 산소

김태연

오늘도 _____ 반짝반짝

어느사업가 지음

오늘도시리즈
세 번째

PART 7

100억 대 자산 여성 사업가의

성장통이 되기를 바라며

어느 사업가

×

무일푼에서 100억 대 부자가 되기까지 겪게 되는
성장통이기를 바라는 마음으로
사업에 대한 생각과 개인 자신에 대한 이야기를 소개합니다.

2022. 3. 1

그러다 병나면 다 무슨 소용인가.

사업을 하다 보니, 가족에게 부탁할 일이 많아졌다. 특히 우리 아빠 내 공장에서 일을 도와주고 있는데, 힘들고 고통스러워도 딸이 요청하는 건 다 들어주는 든든한 지원군이다.

오늘은 다른 화장품 제조 공장 사장님과 업무상 미팅을 했는데, 내 상황을 얘기하니, 사장님도 15년전 초기 사업이 힘들때 아버지가 많이 도와주셨단다. 그런데 제조 일이 너무 고되어 골병들고 아프셔서 아버지는 돌아가셨고, 그 아버지의 뼛가루를 공장 입구에 뿌리셨단다. 매일 아침 공장에 올 때마다 아버지와 만난다고 하신다.

우리 아빠, 공장 일이 힘들어 단 1년 사이 10년은 노쇠한 것 같다. 아빠의 몸이 힘들어지는데, 이 사업이 무슨 소용인가. 정신차리고, 우리 아빠 당장 행복하게 만들어줘야지. 오늘은 나를 바라보는 내리사랑 아빠를 보니 내내 가슴이 시리다.

2022. 3. 2

나만의 되고법칙,

사업을 잘하고 싶으면, 예측을 잘하면 되고
거래를 잘하고 싶으면, 감정에 휘둘리지 않으면 되고
결과물을 내고 싶으면, 계획하고 실현하면 되고
흐름을 알고 싶으면, 세부적인것부터 큰 그림을 보면 되고
게으름에 빠져있다면, 부지런하게 되면 되고
브랜딩을 모르면 배워서 하면 되고
사업가로서 부족하다 느껴지면, 사업마인드는 갖추면 되고

된다고 생각하고 실행하면무엇이던 된다.

2022.3.3

에너지로 이루어진 우리들,

우주의 에너지를 통해 진심으로 소원하는
모든 것이 이루어진다는 것을 믿고 있다는 것이
정말 기쁩니다.

2022.3.4

엄마와 잎순 브랜드

뇌종양 수술을 받은 엄마는 아빠와 내게 말을 하지 않고 수술을 받아 꽤 크나큰 충격을 안겨줬다. 말을 하지 않는 것이 뇌종양 수술하는 사람들의 특징이라고 의사선생님이 얘기하셨다고 하니, 왜 우리 엄마는 40대에 뇌종양 판정을 받았는지 이해가 된다. 엄마는 엄마의 이야기를 절대 하지 않는 사람이었고, 힘든일은 다 삭히는 스타일이다.

그러다 보니 수술 후 엄마에게 잘 맞는 샴푸를 찾는 게 나의 일이었다. 그런 샴푸는 시중에 존재하지 않았고, 결국 내가 만들다 보니 성분을 따져보고 사용성도 정말 좋은 샴푸가 탄생되었다. 내가 할 수 있는 일이 생겨 행복하고, 뇌종양으로 고통받는 분들 모두 건강해지길 바란다.

2022. 3. 5

막심한 피해

잎순 샴푸 제품이 2종류인데 단상자 색이 초록색으로 동일하여 공장에서 구분이 어렵다는 컴플레인이 있었다. 이에 따라 샴푸 단상자 종류를 2가지로 변화를 주고자 단상자를 노란색과 밤색 이렇게 2가지 색으로 인쇄소에 단상자 2천장씩 총 4천장 인쇄 작업 요청을 했다.

그런데 사고가 났다. 인쇄소에서 4천장 모두 노란색만으로 단상자를 인쇄해 버린 것이다.

당연히 다시 2천장을 밤색으로 뽑아줄 줄 알았지만, 사장님은 인쇄 작업자를 탓하시며 종이값이 비싸다는 식으로... 사정사정 하신다.

결과적으로 이번 사고는 나에게 피해를 끼친 것 뿐만 아니라 사장님께도 피해가 가는 상황이다.

나는 시간과 돈을 버리고, 사장님과의 관계가 깨질 수 있는 상황이다.

사장님도 2천장을 폐기하고 나에게 돈을 받지 못하시면 그만한 피해를 보게 생겼으니 어찌보면 피해자다.

내가 만약 인쇄 하기 전 한번이라도 들러 눈으로 봤더라면 어땠을까?

한쪽의 피해는 사실 상 서로의 막대한 피해로 이어진다. 그 누가 더 피해봤다고 할 수 없을만큼 동등한 피해로 이어진다. 이런 피해가 있지않으려면 나는 조금 더 철두철미한 악역을 맡아야 한다. 더욱 관계가 좋아지기 위해 좀 더 확인하고 미리미리 중요한 포인트를 서로 체크해야 서로 윈윈 관계가 될 수 있다. 내가 좀 더 악역을 맡더라도, 사장님이 돈을 벌 수 있다면 그게 결과적으로론 좋은 것 아니겠는가.

2022. 3. 6

감정이 생각을 만들어낼까, 생각이 감정을 만들어낼까?

새벽 3시 기상, 코인 시작. 230만원으로 시작하였고, 오전 10시에 218만원까지 내려갔다. 오후 3시반, 50만원 수익을 보고 280만원에 익절.

작년 8월, 코인으로 천만원 가량 손실을 보며 무심히 하늘을 보며 괴로움에 몸부림 칠 때가 생각난다. 자본이 코인 시장으로 많이 흘러가고 있는 것은 사실이므로, 끈을 놓고싶지는 않지만, 정말 불안한 시장이다.

예전 손해만 볼 때는, 돈의 흐름에 따라 내 감정이 요동쳤다. 투자금이 오르락 내리락 하는 모든 순간순간 떨어질 수록 두렵고, 이익금이 커질 수록 다시 하락할 것 같은 두려움으로 가득했다.

이후 수많은 시행 착오 끝에, 투자금 또한 현저히 오르락 내리락 할 수 있다는 것을 받아들이기 시작했다. 일희일비 하지 않게 되면서 정말 커다란 인내심을 키워내 가고 있으며, 좋은 감정을 지속적으로 유지한다는 것은 수익에 직결된다는 것을 깨닫게되었다. 생각을 잘 하면 감정이 좋아질 것이라 생각했지만, 내 경우엔 반대다. 감정이 좋으니 생각이 긍정적으로 흐른다.

2022. 3. 7

이루어진 젊은날의 소망

10여 년 전 나는 미국에서 교육을 받은 뒤 봉사활동가 자격 수료를 받고, 중미 오지 벨리즈의 작은 블루 크릭 마을에서 40가구 대상 봉사활동을 했다.

미국에서부터 함께 지냈던 언니와 함께 머나먼 벨리즈에서 봉사활동도 함께 했고, 스페인어 배우겠다고 과테말라로 넘어가서도 지냈으며, 심지어 내 첫 직장이었던 중미 온두라스까지 내가 끌고 왔으니, 1년 반은 함께 지냈다.

언니는 참 똑똑하고 지혜로웠지만, 나와는 너무나도 다른 사람이었다.

나의 기운이 사방팔방으로 흩어질 때 언니는 매우 차분했다. 벨리즈에서 사람들과 시도 때도 없이 만나고 매일 아이들과 수영하고 여기저기 배우느라 바쁜 나완 달리 언닌 침대에 기대 책을 읽곤 했다.

언니는 지저분한 것을 매우 싫어해서 침대 자리가 늘 깨끗하게 정리되어 있었고 언니만의 담요가 필수적으로 있어야 했다. 반대로 나는 해먹에서도 자고, 어디든 매트리스든 신문이든 하나만 있어도 잠을 잘 수 있는 사람이었다.

현재는 이 언니가 우리 화장품 공장의 지킴이가 되었다. 벨리즈에서 꼭 같이 사업하자고 웃으며 말했던 우리의 소망이 현실화가 되었다.

나는 언니의 모든 성격이 공장 책임자로서 직무가 잘 어울렸다고 판단했다. 언니는 흔쾌히 좋아하는 동생이 하는 일인데 당연히 해보겠다고 하였다.

인연을 잘 이어나가기 위해서 소통만이 답이라 생각하여 나는 예전보다 언니를 더 모른다고 생각하고 수없이 괜찮은지 안괜찮은지 의견을 묻는다.

힘이 되고 격려가 되는 언니. 성공 시켜줄게. 함께 성장하자. 부자되자. 맛있는거 많이 먹자.

오랜 인연 가져가자. 고마워.

2022. 3. 8

괜찮은 척, 초연한 척

오늘은 우리 부부 결혼기념일이다.

10년간 나는 단 한 번도 일을 쉬지 않았다.
사업 시작 후 내가 첫 실패를 했을 때 남편이 화를 냈다. 무엇인가 잘못되었다. 나는 여태 집안에 공헌한 게 많지 않았나? 내가 너무 초연한 척하고 살았었던 것이다.

너무 억울했지만, 차근차근 계산을 했다. 내가 여태 공헌한 부분, 집값이 가장 많이 오른 아파트의 내 지분을 따져보았다. 남편이 여태 부동산 투자로 벌었던 돈에 나의 지분이 있음을 강력히 어필했다. 그 당시 1년 치 연봉 정도를 현금으로 첫 지원받았다.

부부는 돈 그리고 00 두 가지만 잘하면 된다고 한다. 우리 부부는 10년이나 살았는데, 돈에 대해 바닥 마음까지 가봤던 건 작년이 처음이었다.

나는 굉장히 비효율적으로 10년의 축적 시간을 통해 깨닫게 되었지만 누가 결혼한다 하면 돈 얘기를 솔직한 감정으로 표현하라 얘기해 주고 싶다. 깨닫고 나니 결혼기념일에도 이렇게 행복할 수 있구나 싶다.

"나 태연한척 하고 있는건데 사실은~" 이렇게 돈에 관련된 서두를 꺼내면 생각보다 빠르게 문제가 해결된다.

2022. 3. 9

특별한 즐거움이 있는 잎순

잎순의 브랜드 철학에 대해 생각해 보았다. 아직은 작은 회사이지만, 작은 회사에서부터 우직하게 밀고 나가야 하는 미션과 핵심가치가 무엇일까.

여럿 큰 회사들은 철학이 있다. 애플은 심플, 아마존은 고객중심에서 더 나아가 고객 집착 등이 핵심 가치로 손꼽는다.

우리 브랜드명은 잎순(ifsoon)인데, 줄곧 '특별한 즐거움을 찾는다.(Finding Unique Joy)'는 문장을 모토로 사용해왔다.

이 문구는 내가 나 자신을 사랑하는 길에 대한 공부를 하던 도중 깨닫게 되어 만든 문장이다. '사람은 고통이 아닌 기쁨을 느끼고 싶어 태어났다. 사람들이 우리 제품을 쓰며 특별한 즐거움을 느꼈으면 좋겠다.'

인간은 기쁨을 느끼기 위해 세상에 태어난 존재인데, 태어날 때부터 아픔을 경험하기에 슬픔도 겪고, 특히나 나를 제일 사랑해 줘야 할 부모로부터 처음 상처를 받곤 한다.

그래서 나를 사랑하는 길이란 브랜드명으로 초기 러브맵(Luvmap)이란 네이밍을 진행했는데, 어덜트 프로덕트로 간주되어 브랜드 네이밍을 고심하다가 잎(우리 화장품의 주요성분) + 순(순하다)는 브랜드명을 확정 짓게 되었다.

고객이 잎순 제품을 검색하고, 구매하여, 배송받고, 사용하고, 폐기 후 재구매하는 전과정과, 잎순에서 일하는 모든 직원들이 특별한 즐거움을 느꼈으면 좋겠다.

이 신념을 지키기 위해서 절대적으로 나는 이 신념을 무시해선 안된다. 정말 신중하게 나아가야 한다. 고객이 우리 브랜드에 돈을 쓰면서도 기쁘고, 직원 또한 지루할 수 있는 일상을 기쁨으로 승화할 수 있는 회사라면 오래 갈 수 있다.

2022. 3. 10

수천 개의 얼굴을 가진 남편

꼼꼼하고 자상하고 배려심이 깊은 줄 알았다.

그러나 신경을 쓰지 않는 부분은 거들떠보지도 않고, 속내는 자상하지 않으며 배려심이 있는 사회적인 행동을 할 줄만 아는 사람이었다. 실제는 감정 혹 감성이 없다고 느껴질 정도로 냉혈 인간이다. 그렇다고 재미가 없는 것도 아니다. 늘 개그맨처럼 웃겨주는 남편.

남편에게는 절대적인 장점이 있는데 돈 모으는 습관이다. 돈을 굉장히 중요시해서 남편은 내 사업에 회계나 경영과 관련된 일을 도와주고 있다. 현재도 많은 부분 자금 관리에 대한 부문을 배우고 있다.

어느 순간부터 나는 남편처럼 하지 않으면 실패한다고 믿게 되었다. 실제로 남편 말을 따르고 나서부터 돈이 모였다. 1,000원을 쓰더라도, 무조건 기록하는 습관은 내가 남편에게 본받을 가장 큰 부분이다. 남편의 돈 모으는 습관은 내가 잘 소화해 내야 할 대상이 되었다.

자금 관리를 철저하게 해야 가족과 회사 그리고 직원을 지켜낸다.

2022. 3. 11

1) 엄마를 보면 떠오르는 키워드

#현실회피 #평화 #희망 #무계획 #게으름 #나는 우주보다 큰 존재다

2) 아빠를 보면 떠오르는 키워드

#불안 #안정 #성공 #계획 #부지런 #나는 우주보다 작은 존재다

2022. 3. 12

열려있는 마음

이 사람이 나를 어떻게 생각할까?
어렸을 땐 그런 생각을 많이 했는데,
어느 순간, 내가 느끼는 감정이 동요되어 다른 사람과 통한다고
느꼈을 때 부터 내가 가지는 마음에 따라
사람들의 반응이 달라진다고 느꼈다.
열려있는 마음을 통해 사람들을 대해야지.

"사람들의 마음은 항상 서로를 향해 열려 있다."
어린이를 위한 시크릿 중

2022. 3. 13

내일이 마지막 날이라면 오늘 무엇을 할까?

영국의 상위 10% 상류층 의사 부부가
벨리즈 아주 시골 끝자락에 와서
전기도 없이, 수만 평의 땅을 사서 자급자족 삶을 살고 있었다.
그때 나는 비누 만드는 방법을 배우러 부부에게 찾아갔다.
화장실도 없이 원두막을 짓고 살았지만
이 세상 모든 것을 가진듯한 행복한 표정을 지닌 부부.
집 테라스 옆 벽면에 이런 문구를 붙여두었다.
What would you do today, if you die tomorrow?
내일 죽는다면, 오늘 무엇을 할래?

이 문구는 내 일생일대를 180도 변화시켰다.
내 마음이 행복한 곳으로 흐르는 지금 내 현재 모습으로.

2022. 3. 14

가시고기

외할머니가 돌아가신 며칠도 되지
않아,
나는 해외로 취직을 해서 떠나야만
했다.
아빠는 장례식장에서 아주 숨이 밎
는 양 술을 마셨다.
잔뜩 취해 집에 와가지곤 아빠의 속
마음이 터져 나왔다.
"온두라스 안 가면 안 되나?... 월
급 그거 내가 줄 테니 안 가면 안 되
나..?"

내가 회사를 관두고, 사업을 시작했
을 때 내가 죽을 만큼 고통받을 때
도 같은 얘기를 했다.

"돈은 내가 줄 테니깐 안 하면 안 되
나...?"

온두라스에 간 것도, 사업을 하는
것도 내가 원하는 삶에 귀 기울여
선택한 것이었다. 그러나 둘 다 너
무나 쉽지 않았다.
온두라스에서는 총살 당하는 사람을
정면에서 봐야 했고, 사업은 마이너
스 3천만 원 적자를 보며 아끼던 전
직원을 모두 잃었어야 했으니깐.

힘이 들 때 아빠는 늘 나를 지켰다.
온두라스에선 틈만 나면 빠짐없이
아빠와 전화로 마음을 달랬고, 사업
을 하는 현재도 아빠는 공장일을 도
맡아 해주고 있으니깐.
아빠는 가시고기가 되어가는 것만
같다.
이제는 내가 아빠를 지킬 때가 된
거 같아.

2022. 3. 18

"선배 저 좀 때려주세요."

대학교 2학년 때 허무주의가 강렬하게 찾아와,
온몸이 텅 하고 빈 것처럼 느꼈을 때가 있다.
강렬한 허무함과 존재 가치가 전혀 없다고 느꼈다.
너무나 고독했다.

노트에 '허무'라는 단어를 엄청나게 크게 적어두곤 볼펜을 휘적거리며,
대학교 시절 온통 함께 지낸 혜원 선배에게
"저 좀 때려 주세요!"라고 했던 기억이 난다.

그때 이후 나는 그렇게 온몸을 관통할 만한 공허와 허무를 느껴본 적이 없다.
'Nothing'을 허무라고 한다면, 'Nothing'을 'Everything',
즉 모든 것으로 받아들인 후부터 인 것 같다.
수많은 생각 정리를 하며 늘 되새겼던 것들이 있다.
Nothing is everything, Everything is nothing.

모든 행동이 결과를 수반하지 못하였더라도
그 과정 자체가 행복한 순간이었음을.

182

어느 사랑가

오늘도 _____ 반짝반짝

꽃마리쌤 지음

오늘도시리즈
세 번째

PART 8

당신은 해낼 겁니다

꽃 마 리 쌤

×

김미경 유튜브 대학(MKYU)에 입학하고,
처음 나에게 하는 질문과 대답으로
나는 성장이라는 것을 하고 있다.
성장의 흔적을 기록하고자 한다.

2022. 3. 1

"네가 세상을 살아가는 기본 철학과 신념이 있니?"

'세상을 좀 더 아름답게 하는 일!'
내가 심은 꽃 한 송이를 보고 웃어준다면 그 또한 세상을
좀 더 아름답게 하는 것이라 생각해!

2022. 3. 2

"나는 어떤 사람으로 살고 싶은가?"

누군가에게 착한 사람이기보다
나를 열정적으로 아끼고 사랑하는 사람이고 싶다.
조금은 이기적이지만 나를 먼저 사랑하고 아껴줄 때 누군가를
큰마음으로 끌어안을 수 있기 때문이다.

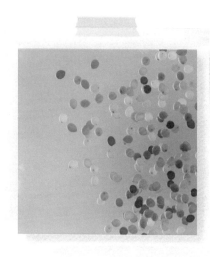

2022. 3. 3

"당신의 꿈 나이는 몇인가요?"

언제 꿈을 만났지? 그게 뭐지...
꿈의 나이는 2살? 3살쯤?

엄마 말고, 회사 다니는 거 말고, 내가 꿈을 꾸기 시작한 나이?
한참을 생각해야 했다.

목표와 생기고 무엇인가를 해야겠다고 생각한 때가 2년 전이구나.
내가 꿈이 없이 흘러가는 대로 그냥 살았구나.

꿈의 나이가 생겼다는 것에 포커스를 맞추자!
누군가는 태어나지도 않은 꿈들도 많을 테니까.
앞으로 꿈의 나이를 크게 키워보자!

2022. 3. 4

"미래의 성공 자산으로 어떤 실패를 쌓았는가?"

유튜브를 자주 업로드하지 못했다=다시 할 거잖아!
책을 읽지 못했다=몰아서 읽을 거잖아!
끝내야 할 일을 끝내지 못했다=오늘 부지런히 할 거잖아!

실패한 시점부터 다시 시작하면 된다.
오늘도 나는 실패의 창고를 채워가고, 또 비워낼 것이다!

"3년 후 미래의 꿈의 이력서 써볼까?"

-책 100권 출판
-김미경 MKYU 강사 활동
-퍼스널 브랜딩 컨설팅 상담
-전자책 출판 민간 자격증 완료

[수상 이력]
2022 대한민국 인재상 수상
2022 디지털 디자인 공모전 금상

2022. 3. 6

"위기와 두려움에 마주하는 법이 있어?"

-시간의 힘을 빌리자
-다른 곳에 에너지 쓰기
-모든 것에는 길이 있다고 생각하기
-몸을 움직여 뭐라도 해!

2022. 3. 7

"내 꿈의 스폰서를 해줄 준비가 되었는가?"

무엇인가를 원한다면 반드시 돈을 지불해야 한다!
나는 내 꿈의 스폰서가 되어줄 준비가 되었다!

2022. 3. 8

"불행의 기준을 바꾸는 방법이 있어?"

1. 덕분에
2. 감사해
3. 다행이야

2022. 3. 9

"무식하다는 말 들어 봤어?"

YES! 독하다… 정말 대단하다… 너니까 가능한 거야!
이런 말을 들을 때 나의 모습은
맹목적으로 달리고 몰입한 시간들이었다.
자주 몰입하고 무식하게 공부하자!

2022. 3. 10

"나는 이 나이 먹도록 뭐 했나? 생각해 볼까?"

육아와 일의 균형 맞추느라. 무던히도 애쓰며 살았다.
아이들 키우느라 애썼구나. 조바심 났구나. 그래. 그래.

앞으로는 돈 버는 다양한 파이프들도 연구하고, 똑똑해져야지!
가치 있는 삶을 연구하고, 생각해야지!
내가 가장 행복할 수 있는 방법도 연구하고, 지혜로워야지!

2022. 3. 11

"없는 시간 만드는 방법이 있어?"

-새벽 5시 기상!
-아침, 점심시간을 최대한 활용하기!
-저녁 시간 잠들기 전에 책 보기!
-회사에서 일하면서 귀로 강의 들으며 일하기!
-뉴스보며 운동하기!

미래에 투자하는 내 시간을 더 찾자!

2022. 3. 12

"인간관계의 어려움을 극복하는 방법이 있니?"

우리는 간격을 지키지 않을 때 상처가 생긴다!
가까운 사이일수록
적. 당. 한. 거. 리가 필요하다!

2022. 3. 13

"과거를 바꿀 수 있을까?"

YES!
나는 과거를 바꿔가고 있다!
나는 지금을 잘 살고 있기 때문이다.

지금이 기회다!

2022. 3. 14

"자신을 자랑 한번 해볼까?"

모닝 쨱쨱 성공! 514챌린지 성공!
모든 일들을 감사 에너지로 돌리는 능력!
해야 할 일은 끝까지 하고야 만다!
스스로를 칭찬하고, 사랑할 줄 안다!

칭찬은 나를 키운다.
앞으로 날들이 기대되고 두근거린다.

2022. 3. 15

"디지털 세상에서 돈을 번다면 뭘로 벌고 싶니?"

자가출판 플랫폼으로 수익 더 올려볼까?
출판으로 퍼스널 브랜딩 컨설팅은?
온라인 강의 늘려볼까?

꿈은 크게 높게! 더 높여봐!

2022. 3. 16

"내 정체성을 결정짓는 꿈의 한 문장은?"

나는 매일 성장하고 발전하는 사람이고 싶다.
나는 성공한 사업가이고 싶다.
나는 타인이 성장을 돕고 동기부여하는 강사이고 싶다.

나는 매일 내 꿈과 동행하며, 어제보다 성장한 내가 되기 위해
하루하루 성실하게 살아가는 꽃마리쌤입니다.

2022. 3. 17

"좋아하는 일은? 비즈니스 가설도 세워볼까?"

[새로운 일을 시작하는 것을 좋아한다]
=실행과 도전을 즐긴다.
=그래서 나는 내가 기대된다!

[책을 좋아한다]
=책 속에 스승도 있고, 길도 있다.
=책을 읽고 내것으로 만든 다음 현실에서 수익화 실현!

[감사하며 사는 일]
=감사하는 마음으로 사는 것은 비즈니스의
기초 체력이라고 생각한다.

2022. 3. 18

"나만의 비즈니스로 성공하는 법?"

-일단 시작하고 나중에 완성하라
-작은 것을 여러 개 던져라
-매일 창업해야 성공한다

MKYU에서 학장님의 미션들은 나를 들여다보게 했다.
뜬구름 같다고 느꼈지만, 미션의 답들에는 지금의 내가 있다.

2022. 3. 20

"앞으로 계획은?"

한계 없이 꿈꾸자!
매일 공부로 혁신하자!
내 꿈의 오너가 되자!

한계 없이 꿈꾸고 매일 공부하고
나의 후원자가 되어 멋지게 성장하는 내가 되겠습니다.
저는 지금부터 시작입니다!

꽃미리쌤

<책만들기파워업 2기>

21일 동안 작가님들과 함께 할 수 있어서 감사했습니다.

꽃자리

오일

딸YS

아트혜봉

신수연

김태연

어느 사업가

꽃마리쌤